ゼロ!

熊本市動物愛護センター10年の闘い

熊本市流浪动物
零扑杀十年奋斗纪实

[日] 片野由佳 著　王华懋 译

我要它们活下去

片野ゆか

古吴轩出版社

图书在版编目（CIP）数据

我要它们活下去：熊本市流浪动物零扑杀十年奋斗纪实 / (日) 片野由佳著 ； 王华懋译. -- 苏州 ： 古吴轩出版社, 2023.4

ISBN 978-7-5546-1876-9

Ⅰ. ①我… Ⅱ. ①片… ②王… Ⅲ. ①纪实文学－日本－现代 Ⅳ. ①I313.55

中国版本图书馆CIP数据核字(2021)第258627号

责任编辑： 胡敏韬
策　　划： 谢小谢
装帧设计： 道辙 at Compus Studio

书　　名： 我要它们活下去：熊本市流浪动物零扑杀十年奋斗纪实
著　　者： ［日］片野由佳
译　　者： 王华懋
出版发行： 古吴轩出版社
地址：苏州市八达街118号苏州新闻大厦30F
电话：0512-65233679　　邮编：215123
印　　刷： 山东临沂新华印刷物流集团有限责任公司
开　　本： 787 × 1092　1/32
印　　张： 11.125
字　　数： 189千字
版　　次： 2023年4月第1版
印　　次： 2023年4月第1次
书　　号： ISBN 978-7-5546-1876-9
著作合同登记号： 图字10-2021-592号
定　　价： 49.00元

如有印装质量问题，请与印刷厂联系。0539-2925659

目录

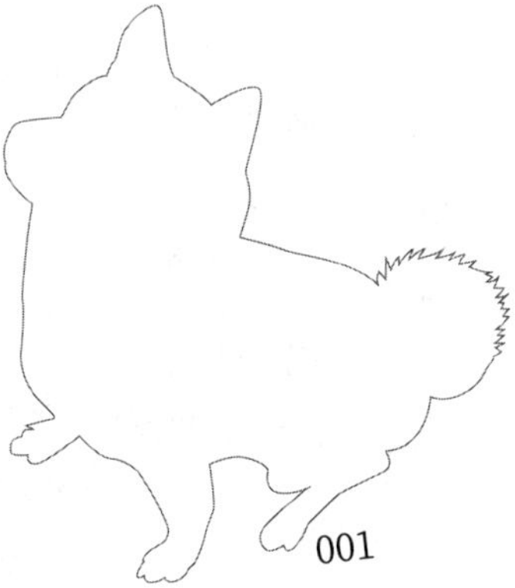

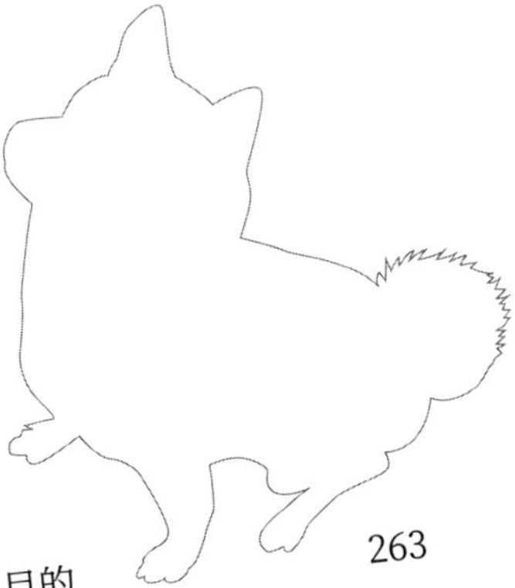

就这样，难以计数的生命消失了。

不管再怎么扑杀，都看不到终点。

不幸的生命不断地被送进来，不允许他们停下来思考。

即使如此，有一天职员再也忍不住了：

我不要再扑杀动物了！

公务员踏出一步，众多市民持续提供支持。

他们一路走来，究竟发生了哪些事？

要完全终止动物的扑杀，是绝对不可能的事。

——在这个国家，这样的观点一直以来都被视为常识。

然而在这样的状况中，却有一个地方把不可能化成了可能。

那就是熊本市动物爱护中心（熊本市立动物收容所）。

现在收容在这里的猫狗，原则上是为了找到新主人而受到照顾。

这是一个名副其实的『动物爱护中心』，主要的业务是拯救动物。

但是这里过去的情况也和日本其他地方的收容所一样，执行着令人不忍直视的残酷业务。

职员主要的工作就是每星期启动两次毒气箱。

把动物赶进不锈钢的箱子里，按下开关，注入二氧化碳。

第一回

真的要杀掉这些狗?

第一話

こん犬を殺すとですか?

这个约五平方米大、四周被水泥墙包围的空间里，收容了六七只狗。

犬种五花八门，有形似秋田犬的大型混种狗、年老而嘴巴周围变白的米格鲁、黑色短毛的中型犬，还有白色卷毛的小型犬。其中有一些脖子上还戴着新颖的项圈。

职员按下开关，动物管理区里面的自动控制装置的马达开始作响。可是机械能够处理的范围只有犬舍内的通道区域，因此员工必须人工作业，把狗推到墙边去，才能让狗从收容空间移动到通道区域。

他们把这叫作“赶落水狗”。

松崎正吉来到新的单位后，第一次听到这样的说法。

2001 年 4 月，松崎刚调来熊本市动物管理中心（当时的名称）担任系长。而他首次亲临现场，就被眼前的状况吓得腿软了。

同事没有理会松崎，以熟练的动作开始实施作业。他们先把收容空间的墙壁朝通道推去。松崎也仿效同事，战战兢兢地使力。区隔收容空间的墙壁发出金属碰撞声，沿着天花板上的轨道动了起来。

隔墙下方三分之一是不锈钢板，上方是铁栅栏。把这道隔墙朝通道推动，收容空间就会愈来愈狭窄，让狗不得不挪动位置。

有些狗察觉异状，狂吠起来；有些狗压低身体，试图停留在原地；有些狗全身发抖，东张西望；有些狗眼光涣散，当场失禁；有些狗抵抗着节节逼近的墙壁，想要把它推回去；也有一些狗好似要出发散步，踩着轻盈的步伐主动朝通道走去。

即使不愿意，松崎也看到了铁栅栏另一头的景象。

每只狗的反应都不同，但它们的命运已经被决定了。

想到这里，松崎的心脏跳得更是剧烈，背脊顿时发凉。他连自己的手究竟有没有在施力都感觉不出来了。他差点要和铁栅栏另一头抬头仰望的狗四目相接，于是反射性地别开视线。

“小心缝隙。”

马达声与金属声中传来同事的叮咛，松崎蓦然回神，抬起头来。

这个管理区自从 1983 年改建以来，已经使用了将近十八年。设施已经老旧不堪，作业实施起来相当不便。沿着轨道移动的隔墙与犬舍的墙壁之间有约三厘米的缝隙，如果不小心翼翼地推动，会夹到小型犬和体形纤瘦的狗的脚。

为了避免这种情形，松崎旁边的职员把一根棒子伸进不锈钢板附近的小窗来诱导狗群。这是为了让这些即将步入生命终点的狗至少不要被夹住受疼，然而狗不可能明白人类的心意。混乱加剧，狗群发出几乎是惨叫的哀号。

松崎勉强克制住想要掩住耳朵的冲动，慢慢地继续推动隔墙。

所有的狗都移动到通道以后，通道其中一边的墙壁就会自动移动。这时也必须继续用棒子赶狗。职员们联手合作，驱赶狗群。

等在前面的，是散发出暗淡光泽的不锈钢箱子。

把所有的狗都赶进去以后，一边确定不会夹到狗的脚或尾巴，一边关门。收到确认完毕的指示，铁门关上，内部呈密闭状态。

砰！

这是隔绝生死的声音。

按下控制室操纵面板上的红色按钮，二氧化碳便会注入不锈钢箱子。职员们在门前合掌膜拜。松崎也紧紧地闭上眼睛，拼命合掌。箱中传来狗的吠叫声，还有断续的哼唧声。

可是短短几分钟后，叫声就变成了急躁的刨抓声。

咔咔、咔咔、咔咔……

狗刨抓不锈钢地面的声音在整个动物管理区回响。

注入二氧化碳后五分钟，调至最高浓度的二氧化碳让狗窒息，终至死亡。不锈钢箱子里偶尔传出“叭哒”“咚”的沉重声响。承受不住呼吸困难的狗陆续倒下，身体撞在墙壁或地板上。

没过多久，动物管理区变成无声的世界。

毒气箱内部的二氧化碳彻底清除后，结束的信号灯亮起。松崎在同事的催促下从确认窗向内窥看。不锈钢箱中只有一只灯光幽暗的电灯泡。箱子里，狗层层叠叠地倒成一片。松崎第一次看到这种情景。即便如此，他还是明白这些狗再也不会动弹了。

确定安全后，职员把铁门打开，动手解下狗身上的项圈。取下项圈的作业结束后，还留有体温的动物躯体被倾倒进焚化炉。

完成作业，松崎离开动物管理区，看见通往办公室的水泥坡道反射着白光。刚萌发绿芽的樱树树枝在南国的强烈阳光下平静地摇摆着。风轻柔而温暖。新的一年才刚开始，熊本马上就要从春天进入初夏了。对松崎这个土生土长的熊本人来说，这是已经体验过几十次的、理所当然的风景。

然而，现在它看起来有些不同了。

他用自己的这双手，平白无故地剥夺了无辜动物的生命。跨越界线的感觉。“再也回不去了。我再也不是以前的自己了。”这样的想法充塞了他的整个胸膛。

然而从今天起，这就是自己的工作……

尽管不愿相信，但这是千真万确、不可动摇的事实。

一股说不出是眩晕还是恶心的不快感笼罩了松崎。

调到这个单位以前，松崎在熊本市动植物园当了十四年的兽医。

松崎一笑，就是一副好好先生的模样。他皮肤白皙，脸型浑圆，漆黑的头发带点自然卷，全身散发出爽朗的气质。若要把他归类为狗型或猫型，他毫无疑问就是狗型人。他中等身材，完全不会给人压迫感，小时候应该很得亲戚和邻居——尤其是阿姨、大婶们的疼爱吧。即使在成人以后，松崎依然保有那种亲和力十足、好奇心旺盛的少年特质。

松崎会成为兽医，有很大一部分是受到开兽医院的祖父和父亲的影响。

在兽医院诊疗的对象中，家畜与宠物约各占一半。

从小时候开始，诊疗室和手术室就是松崎的游乐场之一，父亲也从来不禁止他出入这些地方。所以除了各种犬猫手术以外，他也看过不少罕见的病例，比方说为吞下整根萝卜的鸡动紧急手术。升入小学高年级以后，他开始偶尔担任父亲的助手。不知不觉间，在动物园工作成了松崎的梦想。

松崎从鹿儿岛大学农学院兽医系毕业以后，通过了熊本县与熊本市两边的公务员考试。当时他毫不犹豫地选择了熊本市，因为这样才有可能进动物园工作。他辗转待了几个单位，后来终于成功调到动物园，一偿夙愿。所以对松崎来说，每天的工作都非常充实。

在动物园，松崎负责各种动物的健康管理和治疗。除了狮子、老虎等猛兽以外，大象、长颈鹿等大型动物，其他的哺乳类、爬行类、鸟类，全是他照顾的对象。每一种动物习性都不相同，但动物园里饲养的动物都有一个共通点。

它们绝对不会向人示弱。

对野生动物来说，如果暴露身体的异状，很有可能招来生命危险。所以即使有点不舒服，动物也会隐瞒，表现出若无其事的样子。愈是不舒服，就愈努力去隐瞒，因此很多时候等到人类发现情况明显不对劲时，已经回天乏术了。

所以对于动物园的兽医来说，每天的健康检查都伴随着紧张。食欲和排泄物的检查是最基本的，体毛、爪子的质感，鸟喙的色泽变化，不起眼的小动作，等等，任何变化都不能放过。动物园的兽医每天都在如临大敌的气氛中持续观察和诊察。

即便如此，动物还是会生病。

兽医会尽全力治疗动物。为了拯救动物的生命，不停地做出最好的判断和行动。身为一名兽医，这是理所当然的事。然而有时候即使全力以赴，症状依然不见好转，有时候甚至查不出动物死亡的原因，那种时候的无力感，真是会让人沮丧到家。失去了无可取代的生命。松崎认为为了避免重蹈覆辙，从这样的经验里得到教训是兽医的职责所在，他秉持着这样的信念执行每天的工作。

对这样的松崎来说，动物管理中心的工作完全属于未知的世界。

他以前就知道动物管理中心，但从来没有实际前来看过。他能够想象的，顶多是那是捕捉流浪狗并加以扑杀的机关。如果说动物园的工作是光明的，那动物管理中心的工作就是黑暗的。他知道那里也有像自己这样的熊本市公务兽医，可是很少有人会想主动调去那里。他只能事不关己地想，那一定是个很严苛的单位，却从来没有料想过，自己会有在那里工作的一天。

收到调职令的时候，松崎还抱有一丝期待。熊本市的职员在录取时分为行政职、专门职和业务职三种。负责现场工作的主要是业务职的职员。自己是专门职，又是系长，应该不用参与扑杀的现场工作吧？

然而他一上任，这样的期待就被彻底粉碎了。

第一天到新单位上班，松崎立刻去了动物管理区。

被收容在那里的狗一看到他，立刻摇着尾巴向他撒娇。它们与松崎自己家中被当成家人般疼爱的爱犬没有任何不同。

“真的要杀掉这些狗？”

松崎问，没有一个员工愿意答话。

如果是因为有可能危害到人类，理由明确，或许还可以视为公务上的职责，勉强去理解。可是在这里，健康又亲人的狗毫无理由、轻而易举地遭到扑杀。

看到眼前有生命待援救，伸出援手是理所当然的行为。这是松崎的常识，但他的常识在这里被彻底颠覆了。

扑杀一星期执行两次，星期二和星期五。

扑杀的日子就像每星期的垃圾回收日般到来。作业从早上 8：30 开始，焚烧作业约在 11：30 结束。焚化炉的烟囱不知为何，只有一开始会冒烟。晴朗的日子烟雾袅袅，还会高高地升上天空；可是下雨的日子，应该是因为湿度的关系，烟雾会沉重地朝四周扩散。

第一次执行扑杀的当天晚上，松崎几乎无法成眠。即使到了隔天，自己杀害的狗的身影也不时浮现脑海，令他忧郁沮丧。即使如此，随着时间过去，他还是勉强稍微振作起来了。然而三四天之后，扑杀日的早晨又来临了，他根本无暇去重振精神。松崎再也无法熟睡，他觉得这样下去，自己真的会因为睡眠不足而患上忧郁症。

可是他没办法逃离这个工作。

收容车回到动物管理中心了。车上载的是从市内各地抓来的狗。虽然有些狗外表就像流浪狗，但也有很多狗戴着项圈，一看就知道是有人养的。

捕来的狗，会在这里收容一定的时间。在这个中心，收容时间只有四天左右。这段时间里市政府的告示栏等地方会贴出公告，列出捕获的地点和狗的特征，告知饲主宠物正被行政机关收容。可是饲主在收容期间前来领回狗的例子少得惊人。

如果设施尚有空间，就可以延长收容日数，可是这里实在没有多余的空间了。待收容的动物每天源源不绝地从市内各地被送来，为了挪出空间收容新的动物，只能把收容日期较早的狗依序送进毒气箱。

🐾🐾🐾

“我有个提议。”

2000年冬天，松崎向熊本市动物管理中心的所长——渊边利夫报告说。

渊边在同年4月调来东区小山的这个单位。接到调职令时，渊边内心一片黯淡。对于公务兽医来说，这里是每个人都避之唯恐不及的单位。因为是所长，决定权也大，但是在市政府里的等级，顶多相当于课长而已。虽然也不是有人说了什么，但渊边还是禁不住认为自己被贬职了。

新的单位位于熊本市市中心东边十五公里左右的地方。

近年周边多了许多住宅，也开了大型超市和各种专门店，生活变得方便许多，但说到当时这里醒目的建筑物，就只有几家爱情宾馆，是个毫无特征可言的郊区。

从县道转弯，前进约两百米，再爬上一条狭窄的坡道，就到了动物管理中心的入口。这块土地没什么高低起伏，却被命名为小山，是因为熊本市内整体来说地势平坦，除非去到阿苏山附近，否则皆是一片平原。

小山上只有一幢办公用的平房，以及一个老旧的动物管理区。看到管理区后方耸立的烟囱，渊边的心情更是忧郁了。

他在职员带领下，第一次进入动物管理区内部。

收容了许多猫狗的空间早上应该被清扫过了，却仍弥漫着一股恶臭。地板因为洒过水而一片潮湿。那里有的只是一个被冰冷的水泥墙包围的空间，连条毛巾或毯子都没有。虽说熊本气候温暖，但因为邻近山地，早晚温差很大。隆冬时节，有时晚间的最低气温直逼零摄氏度；到了2月上旬，有时还会积起薄薄的一层雪。职员说："每年都会有几只狗被冻死。"

明明是春天，晒不到阳光的设施内部却让人冷到了心坎里。不知是因为寒冷还是害怕，许多动物都面露不安，全身抖个不停。

渊边无法正视这个情景。

别说是这一幕了，光是看到在市内被捕获后送到中心的狗从车上被赶下来的场景，他就觉得整个胃都揪住了。被收容在动物管理区的是性格温驯的老狗、看到人会摇尾巴的狗，还有天真无邪的小猫。每一只动物看起来都是那么可爱可亲，然而它们全是人类认为不需要的动物。这个现实实在是太可悲、太残酷了！

世上怎么能容许这样的事？一想到这里，渊边的胸口真的痛了起来，他只能垂下视线，折回办公室的座位。

可是就算躲进办公室，他也无法找回心灵的平静。

“所长，您的电话。”

一名职员从办公桌另一头招呼说。说是有市民打电话来，无论如何都要跟所长谈话。渊边刚接起电话，歇斯底里的怒吼就刺进了耳膜。

“立刻停止扑杀动物！”

打电话来的人没有报上名字，就这样不停地怒吼。

那咄咄逼人的口气让渊边连插嘴的机会都没有。他握着话筒，想起他在调职前曾经听说，中心的工作几乎都是处理民众申诉。他静下心来，试着应对，却怎么也听不出对方申诉的重点在哪里。对方只是不停地要求“立刻停止扑杀动物”。

即使如此，站在机关单位的立场，渊边还是得做出一些说明才行。他告诉对方行政机关所做的处理，是法律所规定的业务，并说明这个设施目前的状况。然而这些解释反而给对方的怒气火上浇油。

“你们根本不够努力！你们知道德国完全不会扑杀动物吗?！行政机关也该做点功课吧！”

对方愈说愈激动了。“我们再也受不了日本动物保护意识的低下了！应该要多多效法欧美国家才对！”话题范围不知不觉间偏离了熊本市。

对方要求立刻停止扑杀动物，如果能回答他“好，我们立刻停止”，真不知道该有多好。渊边想着，却也只能拿着话筒听了三十分钟以上，直到对方说累为止。

“这类电话很多吗？”渊边询问转接的职员。职员说打电话来的是在县内经营动物保护团体的女性，每隔几个月就会打电话来，是常客了。虽然没有报上身份、姓名，但有几个显然是经常打来的。

真吃不消，今后还得经常碰上这类电话吗？一想到这里，渊边也只能叹息了。

可是令他叹息的事不止这一桩。

到了傍晚，前去捕捉流浪狗的职员回来了。原则上白天执勤时若是碰上任何问题，都必须向所长回报。这一天，一名职员来到了所长的办公桌旁。

“下午在进行捕狗作业时，有老人家骂我们是杀狗的刽子手。”

渊边询问详情，职员说对方几乎是谩骂。

这类事情绝不罕见。这也是渊边调来这里之前就听说过的事。在这里工作的职员，每年都会像这样被民众骂上几次。渊边站在所长的立场慰劳那名职员，但这根本无助于解决问题，只令他感到空虚。职员应该也是一样的心情，他面无表情地微微行了个礼，回到办公桌前，收拾东西准备下班。

这样的事一而再，再而三地发生，渊边体认到这个单位面临的状况，比他所想象的要严酷多了。

最严重的是精神方面的问题。

谁想干这种工作啊？

这是在这里工作的职员最坦率的心情。他们对自己的工作一点都不感到骄傲。可是这差事又非有人做不可，所以倒霉地被派到这里的他们只好身不由己地干着这种事。职员们怀着这样的想法，满心期盼下一份调职令快点到来。

暮气沉沉的氛围弥漫整个职场。毫无理由地被扑杀的猫狗。为了面对这样的现实，职员只能扼杀自己的感情，这造成了心灰意懒的心态。可是这却是在这里工作的人唯一被允许的心灵逃避。

渊边总算掌握到这样的现状，再次涌出这样的念头：

即使只有一点也好，我想要改变这个单位！

可是要达到这个目的，需要优秀的人才。

他立刻想到以前在动植物园工作时的属下松崎正吉。松崎个性开朗温和，不会强人所难，却富有决断力和执行力。不管是作为兽医还是公务员，资历都无可挑剔。如果是松崎的话，应该可以担任现场主任，领导整个单位。

渊边怀着这样的想法，在冬季的某一天把松崎找来。

除了动物管理中心的现况，他也说明了虽然现场相当严酷，但他想要采取新的做法，以设法改善现状。松崎很同意渊边的愿景，可是他不清楚这个提议的前提是确定能把松崎调到中心去。因为在原则上，只有人事课才拥有公务员的人事决定权。所以松崎只说："如果有机会，我想要试试。"

然后随着新年度临近，接到人事调动命令时，松崎恍然大悟了。这当然是渊边向人事课要求的结果。而另一个原因是，渊边自己也提出了申请。

欲增加一名优秀的年轻职员。

在渊边的申请下，除了松崎以外，还有另一名职员调到了动物管理中心，也就是在熊本市担任职员即将迎来第五个春天的兽医松本充史。

用一句话来形容松本给人的印象，就是“可靠的大哥”。

松本的身高虽然不是多傲人，但因为总是抬头挺胸，看起来个头挺拔、体格健硕。他的皮肤晒得黝黑，五官立体，而且嘴巴很大。他说起话来落落大方，在上司眼里或许有些盛气凌人，但他那种学生时代一定曾在社团或野外活动中发挥领导作用的人格特质，使得他在即将推动的计划中成为可靠的助力。

松本毕业于鹿儿岛大学农学院兽医系，老家在熊本市，背景与松崎完全一样，但这完全不是什么巧合。在九州，能学习兽医的只有鹿儿岛大学和宫崎大学两所学校，所以在熊本市工作的兽医，绝大部分都是这两所大学出身。

松本之前任职于市政府肉品中心内的肉品卫生检查所。

肉品中心管理的是牛肉与猪肉，还有熊本特产——马肉。每天的工作是对肢解后的肉品进行卫生管理。那里也等于是处理生命的单位。家畜肩负着重要的职责而诞生并被善加饲养，一直到死都在人类的控管之中。松本认为正视这个事实是兽医的使命之一。而在动物管理中心目睹的现实，使他受到了极大的冲击。

松本调来之后没多久，就碰上了扑杀的日子。他在第一次亲手执行被称为“赶落水狗”的驱赶狗的任务时，主要负责把狗引导至不锈钢箱子里。而这个工作的目的，完全就是为了剥夺动物的生命。

世上怎么能容许这种事！

这里的每一个生命都轻如鸿毛。松本被眼前的现实震惊到无法振作，充斥在脑中的全是问号。可是周围的职员却都淡然处之地继续进行作业。“只有一开始会像这样大受震惊，渐渐地我也会习惯吗？然后总有一天，我也能麻木地执行业务吗？”刚调来之后好一段时间，松本甚至无法提出这样的疑问。

可是像这样一次又一次反复执行每星期两次的作业以后，渐渐地他明白了一件事——这样是不对的……

目睹这里反复上演的悲剧，应该没有一个人会认为这是对的吧！即使如此，却一直没有人制止，也无法改变，就这样延续到今天。

“总有一天，我一定要阻止这种事！”

一天，听到松崎在作业结束后这么呢喃，松本心里萌生了确定的想法——不能变得麻木，也不能绝望！

计划发起人渊边、现场主任松崎，还有“大哥”松本，聚集在这里的三名公务兽医，他们的心情都是一样的——不想扑杀动物！不想要继续这种只是毫无意义地剥夺生命的工作！

可是这念头才刚冒出来，市内各地又不断地送来饲主不明的犬只。办公室的服务台也每天都收到有人送来的装着刚出生的小猫、小狗的纸箱。

就这样，收容空间一眨眼又爆满了，下一个扑杀日又到来了。

真的有办法中止这样的恶性循环吗？

究竟该从何着手才好？

第二回

你们的工作就是闭嘴乖乖收下

第二話

黙って引き取るのが、

ここの仕事たい！

熊本市动物管理中心某天早晨。

早上8：30，服务台刚开放不久，就有一辆小型轿车驶进中心的停车场。走下车子的是一名穿夹克的中年男子。

“我有一只狗要送来你们这里！”男子一来到服务台，就怒吼似的对女职员说。职员被对方凶暴的口气吓到，但还是询问他希望中心收留狗的理由。结果对方露出不愉快到家的表情说：“它居然咬我！这种烂狗不能留在我家！”

对方的怒骂吓坏了女职员，现场主任松崎正吉和“大哥”松本充史听到骚动，闻声而来。先开口的是外表比较温和的松崎。

“我是系长松崎，请问你说的狗现在在哪里？”

松崎独特的温和语气稍稍缓和了紧张的气氛。男子也稍微平静了一些，但表情立刻又变得不愉快，回答说：“在车上，我现在就抓过来。”

被男子从车后座拖过来的，是一只中型的日本犬系混种狗。

“它完全不听主人的话，凶得要命！”

男子用力拉扯手中的链子，把狗拖行过来。狗可能是因为被带来陌生的地方，感到不安、害怕，尾巴完全垂了下来，一脸惊慌失措地东张西望。

男子说狗咬了家里的人，原因应该不是攻击成性，而是出于恐惧吧。

“你平常都怎么照顾它？”松本问。

男子的回答完全不令人意外。他只知道强迫狗去做人类希望它做的事，根本没有任何适当的管教。狗的嘴巴就像人的手，因为狗没办法说“我不要”，只好用咬来表达自己的心情。由于男子述说的状况实在太叫人气愤，让人忍不住想要酸他一两句。

“这狗哪里凶暴了？”松本磊落的声音在办公室的大厅回响着。可是男子对此毫无反应。相反地，他露出已经解释过了的表情，不断地要求中心快点收下这只狗。

“这种笨狗我不要了！”

听到这话，就连温和的松崎也不由得脸色大变。这个人真的知道自己在说什么吗？被饲主亲自送来的狗，基本上是当天扑杀的对象。

“你知道这只狗会怎么样吗？”松崎问。男子露出愣住的表情。他对狗的下场一点兴趣也没有吧。

隔了几秒后，松崎说：“它会被扑杀。”

“哦，没关系。”

男子毫不迟疑的回答，让松崎和松本都哑然失声。

“什么没关系……自己养的狗死掉，你也无所谓吗？”松本瞪着他那双铜铃大眼说。

男子再次激动起来：“反正你们把狗收下就是了，剩下的都不关我的事！你们干吗一直啰唆个没完啊？有不要的狗，你们就闭嘴收下，这不就是你们的工作吗？”

男子的声音甚至传到办公室里面，但这是司空见惯的情景了，没有一个职员特意抬头注意。

松崎和松本两人调到这个单位后，有件事令他们特别惊讶，就是不断有饲主把饲养的猫狗带来中心抛弃。

饲主们都在服务台说：“我没办法养了。”

不能养的理由五花八门：突然搬家而新的住处禁止饲养宠物、叫声吵闹或咬人而与邻居起纠纷、家人无法控制宠物、动物生病或年纪大而无法照顾、小孩过敏、失业或倒闭等经济问题。

明明是一直陪伴在身边的动物，大部分的饲主对于自己做出的弃养决定却几乎毫无疑虑。别说是感到疑问了，他们顶多觉得：“唉，这也是没办法的事。”

春秋两季是动物的繁殖季节，到处都有小猫、小狗出生。然后这些小猫、小狗大多数也会被饲主带来动物管理中心。

“发现的时候已经生了。”

来到服务台的女人手里拿着一个约面纸盒大小的盒子。松崎接过来打开一看，里面爬出五六只小猫。大概才出生两三天吧，连眼睛都还没有睁开，微弱地“咪咪”叫个不停。

“每年都会生一堆，虽然很可怜，但是我家养不了那么多。”

听到这话，松崎感到背脊发凉。

这个人居然不止一次这样做！就像对待布偶似的，把小小的生命塞进密不透风的小盒子里，这让松崎觉得她简直就是个外星人。

把宠物送来服务台的人都非常不当一回事地把“很可怜”“没办法”挂在嘴上。

如果真的觉得可怜，在小猫出生以前，就应该管理好自己养的猫，至少也该帮小猫寻找新的饲主！可是松崎的这些劝谏，他们也都只当成耳边风。

就算有照顾不了的猫狗，只要送来这里就解决了。来到这个动物管理中心的饲主大部分都有这种心态。可是这样的想法也不能说错得离谱。

日本有《动物爱护管理法》。这是有关犬、猫等一切宠物，牛、马等产业动物及其他人类所拥有的哺乳类、鸟类、爬行类等动物的法律。其中第三十五条明示：“当所有人要求收容其所有之犬只或猫只时，都道府县等责任单位不得拒绝。”也就是说，带狗来的男人，还有把小猫装在盒子里带来的女人，他们的行为在法律上并不能说是错的。

可是饲主也有过错。

一旦饲养猫狗，照顾它们一辈子就是天经地义的事。用“没办法照顾了”这种称不上理由的理由把宠物送到行政机关，不管怎么看都不合情理。

可是以前的法律完全没有提到这一点。

为了弥补当时法律的不周，1999 年 12 月通过了修正法，法律的名称也从《动物收容管理法》变更为现行的《动物爱护管理法》。

其中第七条明文规定：“饲主必须依据动物的种类及习性，适切地予以饲养。”也就是说，饲主不只是喂养宠物、清理它们的大小便就好了，还有义务为它们提供散步、运动、舒适休息的环境，并加以管教，使其与周围的人类还有动物和平共存，并且必须为宠物预防及治疗疾病。同时第三十七条提到，为了避免增加无法饲养的小狗和小猫，饲主必须对宠物进行绝育手术。

松崎和松本调到熊本市动物管理中心，是法律修正后一年半左右的事。可是即使法律内容改变了，动物行政单位的现场状况也几乎毫无变化。

“好好照顾宠物，是饲主的义务。”即使松崎在服务台这么说，也几乎没人认真听进去。毕竟法律也规定，只要饲主要求，行政单位就必须收留饲主送来的宠物。如果为了避免再次发生同样的悲剧而提醒饲主，饲主也只会敷衍地应声，丢下烫手山芋就这么回去了。

这些不负责任的饲主留下的烂摊子谁来收拾？是这里的职员。

或许原本应该用更坚定的态度去劝说，但这需要难以想象的莫大心力和时间。即使如此，松崎和松本还是试着劝说来到服务台的饲主们。可是这不是任何人都能做到的工作。

“如果你们不收，我就带去别处丢掉。政府是要逼我们那样做吗？”

很多时候，他们都屈服在这样的威胁下，只能照着饲主的要求收下动物。

没想到自己生活的城市有着这样的一面……

刚开始在这里工作的几个月，对每一个职员来说，得到的都是一连串令人哑然无语的经验。这里就是这样的单位。

几乎每天都有动物被抓上捕获车送到中心来。数目到底有多少？松崎调阅过去的资料，发现光是这个单位，每年就有 500—700 只的捕获-收容犬。

这些狗的处置方式，依据的是《狂犬病预防法》。

《狂犬病预防法》是“二战”后不久，为了扑灭狂犬病而在 1950 年制定的，与《动物爱护管理法》一样，在 1999 年 12 月做出修正。附带一提，饲主必须向行政机关登记犬只的规定，依据的就是这部《狂犬病预防法》。

与捕获-收容犬相关的法令是第六条：捕捉到走失犬后，行政机关需公告其信息两天。期限结束后一日以内，如果饲主未联络或未前来领取，即可径行处置该犬。

熊本市动物管理中心捕捉到的狗里面，流浪狗是少数，几乎都是有人养的狗。可是能够回到饲主身边的，只有全部的一成左右。

难道饲主不担心自己的爱犬吗？为什么他们不来找他们的狗呢？

松崎觉得不可思议极了，但熟悉业务以后，他也渐渐地了解状况。理由主要有三点。

第一点，主人没有发现宠物走失了。

两三天前就不见宠物的踪影，可是过几天它应该就会自己回来了吧。很多人抱着这样的心态观望了快一个月，等到向行政机关询问时，已经太迟了。也有很多时候，狗是在饲主完全不知情的情况下被扑杀掉的。

第二点，也有很多人不知道该怎么寻找。猫狗走失的时候，立刻询问动物收容所、警察局，应该就可以得到线索。然而很多人都不晓得这些渠道，因而错失救助宠物的机会。

第三点，虽然询问了收容所，却没能找到宠物。

狂犬病预防法规定的公告主要公布在市政府的告示栏等地方。公告的内容，动物管理中心当然十分清楚，只要市民询问，中心就可以依据公告资料转达狗的特征及捕获地点等信息。

可是公告的内容也称不上清楚明了。

“我家养在庭院的狗昨天就不见了。”

一名55岁左右的妇人来到中心服务台询问。松本立刻确认收容犬的记录，并询问狗的特征。妇人回答是中型公狗，白色的长毛掺有一些褐色的毛，是西洋系的杂种狗。可是从昨天到今天，中心内都没有人看到类似的狗被收容。

"为了慎重起见，去犬舍看看吧！"

妇人刚被松本领进动物管理区，就马上冲到栅栏边。

"就是它！这是我家的狗！"

妇人一叫，狗就兴奋地发出撒娇声，尾巴摇个不停。松本打开犬舍的门锁，狗便开心地把全身挨向妇人。看来是它真正的饲主没错。

"啊，太好了！"

对松本来说，这句话有两层意义：一是这只狗能平安回家，太好了；二是自己能够不必去剥夺这只狗的生命，太好了。

然而有一点却令他有些不解，也就是妇人刚才说她的狗是长毛的西洋系杂种狗，然而眼前这只狗怎么看都是日本杂种狗。这究竟是怎么回事？

结果正在摸狗的妇人想起什么似的回望松本说：

"你刚才为什么说没有这样的狗？"

"呃，因为你说是长毛的西洋狗……"

就连平常能言善道的可靠大哥也摸不着头脑，不知该如何回答。结果妇人抚摸着爱犬，自信十足地断定说：

"你看，它的耳朵跟尾巴的毛这么蓬松，怎么看都是西洋的狗啊！"

即使如此，看在松本的眼里，那完全就是柴犬系的混种狗。被妇人一说，它的耳朵和尾巴还有肚子一带的毛好像确实有点长，但那些稍长的毛稀稀疏疏的，实在不到“这么蓬松”的程度。可是依照这名饲主对爱犬的印象，那似乎就是一只长毛的西洋犬。

这不是谁对谁错的问题。

这只是反映出语言描述实在有限这个事实。

比方说像腊肠狗、黄金猎犬、吉娃娃这些，如果品种明确，就比较容易识别。可是混种的猫和狗模样五花八门，要光用语言去描述它们的特征，即使具备高度的语言能力，也是桩难事。毕竟各人眼光不同，对动物的印象也大相径庭。

可是在当时的熊本市，关于捕获的犬只的特征，公告里提供的资料相当简略。除了捕获地点和种类、毛色、性别、体格、捕获时间、推估年龄、有无项圈以外，顶多就只是在最后的“其他”栏里，聊胜于无地加注一些“垂耳”“耳尖褐色”等可供识别的个体资料而已。

比方说，有只狗的资料是杂种、褐色、中型、推估年龄三到四岁。

光看这些资料，有几个人能够立刻看出“这是我家的狗”？走失而被捕获的狗几乎都遭到扑杀的事实，如实地反映出这个问题的答案。

该怎么做才能减少这种情形？所长渊边利夫不断地思考这个问题。

想要拯救生命。为了这个目的，必须积极采取新的措施，改变这个单位。

可是预算几乎付之阙如。即使如此，至少《动物收容管理法》已经变更为《动物爱护管理法》，内容经过修正了。他想要设法扭转长久以来“扑杀也是没办法的手段”这种近似放弃的常识观念。

方法之一，就是让走失的动物回到饲主身边，也就是提高返还率。

在收容动物的告示中附上照片如何？

同时渊边想到的，是建立一个系统，让收容犬只的信息尽量被更多的人看到。因此网络的信息发布是不可或缺的。可是在当时，要在熊本市政府的网站公布信息，必须经过内容审核等手续，得花上一个星期以上的时间，而且可以进行更新作业的只有市政府的计算机，实在远远称不上迅速。时间完全超过了走失动物的收容期限。

为了让系统实用化，必须加快更新速度。渊边与公关课等部门协商以后，将过往的更新手续简化，并且可以用动物管理中心办公室的计算机更新了。同时他也在熊本市的市政官网上追加新的项目“您的狗走失了吗”。

从此以后，再怎么晚，也可以在收容当天或隔天早上就上传信息了。渊边想出来的这个方法，现在已经被许多行政机关采用。可是当时采用这种方法的地方单位，全国也只有寥寥可数的几个地方而已。

网站得到极热烈的回应。毕竟只要看一眼照片，就能知道是不是自己的爱犬了。

这项措施也被当地报纸《熊本日日新闻》大篇幅报道，因此访客人数顺利增加。前年（2001 年）共五百零八只的捕获–收容犬只里面，返还的只有六十四只；但是开始公布照片以后的 2002 年，四百五十五只里面有一百零九只回到了主人身边。

除此之外，还获得了意料之外的成效。

“我想要认养照片上的狗。”

打电话到中心来的人，说是在报纸上得知网站的事。他看到照片上的狗，念念不忘，每天看着网站，日久生情，然后收容期限已经快到了。“它的饲主出现了吗？如果它的饲主没有来领回，我想要领养它。”每个月都可以接到几次这样的民众询问，虽然数量不多，但还是让一些落难成犬变成了幸福的家犬。

即使如此，每个星期二和星期五还是要进行扑杀。

只要一点一滴努力，比起难受的事，觉得“太好了”的情况应该会愈来愈多才对。松崎和松本也怀着这样的希望，执行每天的公务。然而实际处在扑杀的现场，却总是令人沮丧无比，觉得实在无法想象会有那样的一天。

即使如此，渊边作为所长，还是有个目标想要实现。

他想要改变单位的名称。

具体来说，就是把现在的“动物管理中心”这个名称，变更为“动物爱护中心”。“管理”这个字眼强烈地让人联想到捕捉走失犬、收容被饲主弃养的动物、进行扑杀等业务。相对地，爱护则是思考如何拯救生命，并且付诸实行的工作。

现在这里进行的动物保护工作，从整体业务来看，顶多也只占一成，甚至更少。

可是总有一天，渊边想要把这个地方打造成动物保护行政机关的据点。想要让它成为一个职员能对自己的工作感到骄傲、当地居民也能亲近的地方。

这是一种下定决心的表态。

在渊边热心的申请下，市政府总部会议通过了这项提案。2002 年 4 月，这个单位的新名称确定了。正式名称是“熊本市动物爱护中心　熊本市动物之家”。

随着名称的变更，渊边的方针也更加明确了：“今后不只有管理的工作，我想要增加动物保护的相关业务。”

现场主任松崎，以及松本等数名职员当然全都没有异议。

可是也有一部分人发出不满的声音。

“光是管理业务就快要忙不过来了，还要进一步增加工作吗？”

当时在中心从事动物管理工作的人员，正式的业务职员有两名，约聘职员有两名，包括松崎和松本等四名兽医在内，总共只有八名职员。这样的人数，每年却要处理约五百只的狗，以及近一千只的猫。即使说光是扑杀就快忙不过来也不夸张，而且还几乎没有预算。

在这样的状况下，抗议说动物保护事业几乎是不可能完成的任务，反倒可以说是理所当然的。

预算不足，不仅是因为动物行政管理不受重视，更重要的是因为熊本市的财政状况总是捉襟见肘。市民也都知道这一点，闲聊时经常挂在嘴上的一句话就是“熊本市穷嘛”。

可是要把这个单位的业务从管理转换成保护，就不能净是唉声叹气。身为现场主任，松崎在每天的工作中体认到的，就是应该尽量改善动物们的收容环境。

熊本的夏季非常炎热。南国的艳阳毫不留情地灼烤着动物管理区的屋顶。即使有点风，也接近热风。就算尽量打开门窗，设法通风，还是远远不足以减轻暑热。而且到了夜里，为了安全管理，必须锁上所有的门窗，犬舍变得宛如桑拿房，狗一整天热得直喘气，体力渐衰。

它们的生命只剩下几天，却连好好安睡都没办法……

松崎觉得这些狗实在太可怜了，想要让它们至少在仅剩的一点日子里能够安睡。他出于这样的想法，向市政府总部提议：“我想在动物管理区安装空调。”

听到这话，负责人露出“开什么玩笑”的表情说：“人工作的地方都没办法装空调了，动物吹什么冷气啊？”

当时在熊本市，即使夏日炎炎，也有几个相关事业单位必须在没有空调的环境下办公。

“果然太困难了吗？”松崎这么想，却无法对负责人不经意地说出来的这段话听而不闻。

“反正都要死了，吹什么冷气？太奢侈了！”

这一瞬间，在酷热中喘息的狗的身影在松崎的脑海中浮现。

“没错，它们就快死了，所以更需要空调啊！”

平日总是温文儒雅的松崎突然厉声这么说，让负责人吓了一跳，不再吭声。

可是巧妇难为无米之炊，动物的收容环境改善工作迟迟没有进展。

有一天，一名女子把猫送来中心。她问松崎说：“这里明明就是扑杀动物的地方，哪里能叫动物爱护中心啊？”

冷笑的女子身旁摆着装有宠物猫的提篮。松崎内心一片惨淡。面对这种人，究竟还有什么话好说？

可是“哪里能叫动物爱护中心”的疑问，应该是许多熊本市民的共同疑问吧。松崎被这句话刺伤了——因为这是事实，所以才会受伤。

这天上午的工作，主要就是扑杀收容动物。松崎回想起才刚结束的作业情景。

她说的一点都没错。这样哪里配叫爱护中心？

这么一想，松崎再也说不出话来。

焚烧动物亡骸产生的烟雾静静地从焚化炉的烟囱中升起。

第三回

机关单位的话不能信

第三話

役所の言うことは信用できん！

好像就快成立一个叫“协议会”的组织了。

调来这个单位的 2001 年初夏，松本充史第一次听到这样的传闻。这个名称完全没能激发他半点联想。

“那是什么？”

松本睁着大大的眼睛问，现场主任松崎正吉解释道，“协议会”是“动物爱护促进协议会”的简称。而我们接下来要召集作为中心成员活动的动物爱护促进员，经营协议会——松崎说着，脸上露出困扰的表情。

动物爱护促进协议会——

这个组织是松本和松崎两人调来这个单位前的 1999 年 12 月，《动物收容管理法》更名为《动物爱护管理法》，法律修正时新加入的项目。修正后的条文内容与过去的法律相比，包含更多拯救动物生命的部分，因此各地方政府单位可以自行设立动物保护组织。

这部法律的主管机关环境省向各行政单位下达指令，说法律已经修改，并可自行设立新组织，请各单位要更努力投入各地的动物保护活动。

总有一天要把这个单位打造成动物保护业务的据点。

对于这么想的所长渊边利夫来说，动物爱护促进协议会的成立是他务必想完成的任务之一。

可是他完全不明白该怎么样去经营才好。环境省也没有提供任何有用的信息，看来意思是“制度已经有了，接下来各地方自己看着办吧”。

渊边决定自行寻找可供参考的模板。东京都、长野县、兵库县这些在动物行政管理方面公认先进的地方单位，他全都咨询过了。

可是当时没有任何一个地方的协议会正常发挥作用。全都是虽然勉强成立了，但别说是取得活动实绩，连方向都决定不了。行政单位与民间合作推行的动物保护计划，才刚起步就已经迷失在丛林里了。

既然如此，也只能从自己办得到的事开始做起了。

正式名称是“熊本市动物爱护促进协议会”。

为了筹备成立事宜，松崎和松本开始行动。

松崎负责的是召集协议会的中心成员。

松崎第一个联络的是熊本市兽医协会。因为除了每年的狂犬病预防接种外，日常业务也与其常有接触，所以容易开口。然而松崎一提到新的计划，兽医协会会长的态度立刻变得防备。由于活动计划几乎是一张白纸，也难怪他会有这种反应。

“其他还有什么团体参加？”

“还没有确定好……”

松崎说出几个列为候补的团体名称，可是对方的反应依旧冷淡。不仅如此，一听到松崎提到动物保护团体，会长的语调完全变了。

“不可能顺利的啦！”

“或许吧……”

兽医协会会长毫不保留的意见，让松崎禁不住赞同。

对于机关单位而言，动物保护团体就类似于抗议电话的信号基站。中心也会定期接到自称动物保护团体的单位或个人的抗议电话。他们总是连声呼吁着：“不要扑杀动物！”“设法拯救动物！”“不要轻视生命！”大部分都无法进行有逻辑的对话，有时候甚至连对话都无法进行。

包括所长渊边在内的几乎每一个在这里工作的职员，都有不少受够了动物保护团体抗议电话的经验。

而兽医协会也同样被视为抗议的目标。

“你们这些立场上最亲近动物的专家，为什么对这种许多生命平白牺牲的状况置之不理？”他们经常接到这样的抗议电话。

可是熊本市兽医协会非但没有对不幸的生命视而不见，还热心进行保护活动，过去也举办过认养活动，为原本的饲主无法饲养的猫狗寻找新主人。

然而打抗议电话的人却不肯正视这些实绩。因为他们打电话的目的在于批判。他们不肯聆听说明，只会一厢情愿地重复自己的主张——即使一年举办几次认养活动，不也是杯水车薪吗？那能有什么帮助？兽医协会应该还能付出更多的努力才对……

就算和如此主张的人坐在同一个地方，又能商讨出什么结果？可以想见，连意见交流都将困难重重，实在无法指望能够讨论出有益的计划来。

兽医协会会长的想法，松崎也非常清楚。毕竟调来这个单位之后的这几个月，他也被抗议电话搞得焦头烂额，“动物保护团体＝可怕的麻烦精”这种观念已经完全深植脑中了。

可是这样下去，协议会将无法成立。松崎说服不甚情愿的兽医协会会长，好不容易让他答应参加了。

松崎像这样依序询问候补人选的意愿，但每个地方的人都反应冷淡。动物相关行业的组织和个人之间，原本就几乎没有联系的网络。基本上，这个业界的人大部分都认为要和别人合作是天方夜谭，而且是自找麻烦，可能的话，最好不要有瓜葛。

即使如此，在松崎的奔走努力之下，2001 年底总算是成功找齐了成员。

成员有熊本市兽医协会、以市内为据点活动的动物保护团体、经营宠物店和宠物美容沙龙的宠物业者、居住在市内的导盲犬使用者等等。

他们将以熊本市动物爱护促进员的身份，以协议会为中心进行活动——原本预定是这样的。

另一方面，松本负责的部分，是作为协议会的行政负责人，统率成员。

调来这个单位后，松本因为收容动物的生命居然如此遭到轻贱而惊愕不已。中心里存在的只有以扑杀为目的的作业。“总有一天我也会习惯这种情形吗？”松本原本也这么想过，但不久后他便了解到绝对不会有那样的一天。

成犬从犬舍被驱赶到不锈钢箱子，门关上以后，接下来就只等被二氧化碳毒死。身为兽医的松本当然知道，那绝对不是一部分市民所想象的那种安乐死。即使如此，第一次目睹狗因窒息而丧命的模样，那种惨状还是令他说不出话来。

可是成犬以外的动物，无法使用这种集合形式的毒气箱。

体形小的动物呼吸很浅，所以在宽阔的地方，二氧化碳作用到全身，需要花上更久的时间。有时候只会徒然让动物痛苦万分，无法干脆地一死了之。因此猫使用的毒气箱是一种更小型的箱状物，好让二氧化碳浓度容易升高。

而不容易使用这种毒气箱的幼猫和幼犬，则由兽医使用镇静剂与麻醉药让它们安乐死。据说这种方法只要执行者的技术过硬，几乎不会让动物感受到痛苦。即使如此，这些动物一样是无人眷顾，就这样被抛进焚化炉里化成灰烬。

“我想改变这种状况。先从眼前着手，找到自己可以做的事吧！”

松本怀着这样的心愿执行着这几个月的业务。可是愈是想要前进，盘根错节的问题与因循守旧的陋习就愈是高耸地阻挡在眼前。如果不能改变这些，就无法解决这个问题。他一再体认到这一点。

不管转向哪里，眼前都矗立着高墙。在这样的状况中,“我身为公务兽医，就没有任何能做的事吗？”——愈是从事这份工作，就愈有种陷入瓶颈的感觉。

就在这个时候，松本被指派去主持协议会。

第一件该做的事，是举办促进员的培训讲座。这是指导成员今后从事动物保护活动时所需知识的场合。可是就连协议会整体的方针都还没有确定。

真的要做吗?

尽管觉得不安，但现场主任松崎辛苦找来的成员都已经到位了，无法回头了。

2002 年 1 月。

配合《动物爱护管理法》的修改，熊本市动物爱护促进协议会成立了。

同时第一届培训讲座也召开了。地点在动物爱护中心旁边的活动中心。铺榻榻米的集会室的讲桌前，坐的全是动物相关行业从业人员和动物保护活动参与者。可是几乎所有的成员都是直到这时候才第一次碰面。

会场被奇妙的寂静所笼罩，只有所长渊边的致词声回响着。松崎进行课程说明后，交棒给松本主持。松本背对白板坐在中央，先从设立动物爱护促进协议会的主旨说起。他尽可能简洁地说明，同时注视桌子后面的每一名成员。可是他的话才说到一半，就几乎没有人点头或有任何表情反应了。成员的视线停留在桌面，却也不像是在专心阅读分发的资料。

大致说明完毕后，有几个人举手发问，松本回答问题。可是问答却让扫兴的气氛变得益发浓重了。对于今后的目标和计划，看不到任何明确的想法。每个人都是一副无法接受的表情。

成员措辞客气地询问松本。可是他们的口气和言谈、表情、一点小动作，全都流露出他们的真心话。

“机关单位只会做表面功夫。”

“到底要我们干吗啊？”

“做这种事到底有什么目的？”

“设个组织把我们找过来，然后再把我们丢下来，那可没人受得了。”

总之，机关单位的话不能信！

松本如坐针毡，而这针毡随着讲座进行，更是愈来愈叫人坐不下去了。最让他难受的是他无法否定成员的不满与不安。

机关单位什么都不会做。行政单位不能信。

成员的反应理所当然，而现在的松本没有任何可以反驳的材料。

那种人绝对不能信！

松本也曾经这么强烈地排斥过他人。

那是他十多岁的时候。对当时的松本来说，大人与大人塑造的世界是污浊而肮脏的。他喜欢的歌手是尾崎丰。

对当时的松本而言，最令他无法忍受的就是成人社会里的种种束缚。“谁要被那种东西绊住！我的未来在更自由宽广的世界里！我要摆脱无聊的人际关系，寻找率性生活之道！”

“将来我要成为一名兽医，在澳洲或加拿大的大自然里与牛马一起生活。”

喜欢动物，讨厌跟人打交道。这完全是空想中的世界，不过这时还是初中生的松本自行想出来的结论。

松本的母亲听了这话，嗤之以鼻：“跑去国外，就不用跟人打交道了吗？”

他毫无反驳的余地。

进了高中以后，松本也多次想要退学。他不了解继续上学有何意义。待在这种地方，坐在书桌前听课又能如何？父母没有否定松本的这种想法。他们抱持着“自己的事情要自己决定”的态度。但他们提出了一个尖锐的问题：“从学校退学，你又能做什么？”

虽然简洁，但父母的指摘总是一针见血。

松本的母亲是社区儿童活动的中心人物，主持暑期露营等多项活动。人手不足的时候，松本自然也会加入帮忙。他在那些活动中与许多孩子及家长、协助活动的人相处，观点渐渐有了变化。

他会选择在大学读兽医系，源于初中时代所描绘的未来蓝图，不过即将毕业的时候，他已经有了超越动物的其他兴趣——和许多人一起做一件事，真的好有意思！

初中时会那么厌恶大人的世界与交际应酬，或许是来自强烈兴趣的反动。松本这样回顾十多岁时的自己。

兽医的工作以动物为对象。可是不管是宠物还是家畜，没有人类的协助，就无法在人类社会生存。所以兽医这个行当，不与人深入打交道是干不来的。想要透过兽医的技术，从事能与各行各业的人打交道的工作。松本出于这样的想法，在许多同学都进入动物医院等临床领域之中时，他选择了成为公务员。

可是实际的动物行政管理现场，却全是一些出人意表的事。他完全没有想过居然有这么一天，他必须面对过去的自己对大人抱持的那种嫌恶。

可是他可以理解。

现在的自己完全就是照着行政单位一成不变的模式，因循守旧地在办事。找来市民，等到要具体运营了，就丢下一句“接下来交给你们啦”，撒手不管。对于公家机关这样的做法，市民已经深恶痛绝了。他可以一清二楚地感受到每位成员的戒心，而且有太多要素值得他们这样去质疑了。

他完全落入最糟糕的行政窠臼了。第一届培训讲座就在扫兴的气氛中结束了。

培训讲座将一年举办三次。如果拖拖拉拉，第二次的举行日马上又要到了。下一次的主题是法律研习。为了学到从事动物保护活动所需的知识，预备让众人一起学习《动物爱护管理法》。

到时候松本将背对白板，讲解法令的概要以及有关犬猫的部分。在场成员将几乎不发一语，只是瞪着发下去的资料。然后时间一到，课程结束，成员再次在扫兴的气氛中离开会场。

松本想象着那种场面，喃喃自语：

“这样不行。”

这样的培训讲座有什么意义？难道自己只要讲解法

律，然后说“那么请大家明天开始努力推动动物保护活动”吗？

“不能这样！”

自己不是为了做这种事才成为公务员的。

那么该怎么办才好？

可是松本的脑中净是“这样不行”。他完全想不到任何解决方法。

“那些活动是为了谁而办的？”

汤田真喜雄慢慢地把送上桌的杯子拿到口边。

温和的圆脸上点缀着银边细框眼镜。眼镜底下的眼神平和，并且目不转睛地注视着松本。

松本像要掩饰答不出话来的尴尬，一口灌下眼前兑了热水的烧酒。“白岳白”是熊本当地人熟悉的烧酒，它的特征是有着米烧酒才有的温润滋味与芳醇香气，但现在松本没有心思去品尝这些。

为了谁？

这个想都没有想过的问题令他哑口无言。

汤田真喜雄是熊本市健康福祉局卫生部地区保健课的职员，职位是课长辅佐。

他虽然拥有兽医资格，但其公务员生涯几乎都奉献在地区医疗与卫生指导上。

汤田认为保健所的工作中，最重要的就是找出地方的需求。所谓需求，就是居民的真心话。

所以汤田在当上保健所的主管机关——保健福祉中心的所长后，依然会亲自拜访当地商店街，协助举办活动，等等，不停地摸索方法，以期建立起和当地居民交流对话的关系。

可是问出真心话是一件比想象中更困难的事。对话的时候，前提几乎都是行政单位与市民的立场及处境相互对立。也有很多人认为就算找政府单位商量问题也是白费功夫。

一直到某年举办的以餐饮业者为对象的食品卫生讲习会，事情才有了转机。

担任讲师的汤田一上台，听讲者便都盘起手臂瞪着他看。

餐饮店和保健所。

存在于那里的是以取缔制度为前提的水火不容关系。

保健所的权限非常大。大家都知道一旦被查出卫生方面的问题，保健所可以做出停止营业处分。而且只有保健所可以不经业者允许，一旦判断有必要，就能进行强制调查。餐饮业者中，也有人说比起警察，保健所要可怕多了。

对餐饮业者来说，保健所是令人忌讳的存在。万一胡乱顶撞，被盯上就麻烦了，总之在职员面前就安分点吧——这样的心态成了餐饮业界的常识。

没有问题的话，这样也没关系。

然而发生食物中毒事件而受到停业处分的餐饮店一点都没有减少。原因几乎都是初步的管理错误。为什么连这点程度的小事都做不到？保健所每年都以餐饮业老板为对象举办卫生讲习会，因此层出不穷的卫生问题令职员感到大惑不解。可是讲习会的内容只是从参加者的左耳进，右耳出，完全没有被他们实际运用。

非得改变这种状况才行。

汤田这么想，向眼神充满敌意的听讲者们呼吁：

“请各位利用保健所的技术和信息，生意兴隆吧！保健所和你们是站在同一阵线上的！”

不管端出多美味的料理，或是用讲究的器皿和装潢营造气氛，一旦发生食物中毒事件，付出的经费和努力都将付诸流水。当然客人也不会再上门光顾。可是如果具备食品卫生管理的知识，就能大幅减少食物中毒的风险。

“只要能稳定提供安全的料理和愉快的时光，就会有更多的客人上门，财源滚滚。保健所的目的是协助大家赚大钱，请大家不要客气，尽量利用我们公务员吧！我们也会努力提供可以增加收益的信息。我们期望的是大家赚大钱，提振地方经济。”

保健所的存在意义是什么？

汤田在这个单位工作的同时，不断地思考这个问题。然后有一次他在参加的研习会上听到了健康促进（Health promotion）这个名词。健康促进的理论是为了让市民过上健康的生活，强化环境与地方活动，并支援个人知识与技术的提升。这时汤田所提案的内容，就是将健康促进的概念改造成符合餐饮业界需求的形式。

汤田继续说下去，会场内的气氛逐渐出现了变化。在场的老板们偶尔会点头同意，也有人做起笔记，认真地听汤田的话。

讲习会结束后，几名参加者走了过来。

“我们和保健所成了伙伴！”一名经营居酒屋的男子直视着汤田的眼睛说。

汤田开心极了。

从针锋相对的敌人转变成伙伴——就在这一瞬间，

新的关系诞生了。它的效果超乎预期，从此以后，辖区内餐饮店的问题大幅减少了。

一个成果当然会带来成就感，但是最让汤田感动的，还是与人建立起关系。汤田不再是行政职员这种没有人情味的存在，市民开始喊他“保健所的汤田先生”。由于成了熟面孔，大家会开始一起激发新点子、拟订新计划。为了联手实现目标，人与人的关系网络也逐渐扩大。

公务员的工作中最为困难，同时也最为有趣的，莫过于这个部分。

如果能把自己的体验和技术传授给年轻一辈的职员就好了——汤田出于这样的期盼，开始定期举办读书会。只要申请，市政府职员以外的人也能参加，相当开放。在可以自由交换意见的氛围中，很多时候大家会在会后接着去喝酒。

松本第一次见到汤田，是在他刚毕业时的兽医研修时期。他被担任讲师的汤田的想法和人品所吸引，开始参加读书会，从此以后，汤田便成了他在市政府里特别信赖的职员之一。

“我进了动物管理中心。”

松本说得很轻松，但汤田一直很担心。因为那个单位在政府机关里，是最令人难熬的一处。他回想起自己担任工会干部时，有许多职员找他咨询：

“我想要离开动物管理中心。”

“要怎么样才能不被调到动物管理中心去？”

应该再也找不到比那里更露骨地受人嫌恶的单位了。可是他非常明白职员的那种心情。

因为汤田以前也在动物行政现场工作过。

在成为熊本市的职员前，汤田大学毕业后在其他县政府当了一阵子的公务员。他被派去的单位是保健所的动物科。当时镇上到处都有没戴项圈的流浪狗。新任医师的工作，就是把那些狗抓起来丢上卡车，加以处理。

在20世纪60年代末，当时的动物行政现场还没有导入现在这种毒气箱，也几乎没有预算。狗被推进狭窄的犬舍中，连买饲料的钱也没有，而扑杀方式也选择了最不花钱的方法——活活打死。

从事这份工作以后，汤田第一次了解到一件事，也就是电视剧里的杀人场面，一定跟现实中的大相径庭。那种打法是打不死动物的。看着电视画面想着这种事时，汤田对自己感到毛骨悚然。

世上怎么能有这种工作？这种工作还要存在多少年？

汤田求救似的拜访母校，向恩师倾诉现场的惨状。

可是既然无法改变状况，就只能接受现实。过去的指导教授应该是这样想的吧。

“汤田，那是你的工作啊！”

汤田闻言，努力克制住想要尖叫的冲动，冲出了研究室。他上街买醉，后来连怎么回家的都不记得了。后来没有多久，他便辞掉县政府的工作，回到了故乡熊本。

汤田从松本那里听到现场的情况，了解到与当时相比，设备和预算都有所改善。话虽如此，他实在不认为这对职员来说算得上救赎。所以松本来找他商量时，他就决心要设法提供帮助。

“你把你刚才说的烦恼，就这样直接告诉读书会的成员如何？”

松本依照汤田的建议，找来平日读书会的成员。

知心的伙伴们在市内某家店集合。松本向众人说明他所面临的问题，于是大家接连提出坦率的意见。

“那个计划的目的究竟是什么？”

“连要培训什么人才都没确定，那种培训讲座实在太扯啦！”

“完全不懂动物爱护中心到底想干吗。”

在众人交换意见时，汤田只是坐在一旁。这种时候汤田不会插嘴。他静静地聆听成员与松本的对话。

对松本来说，成员的质疑全都天经地义。话虽如此，却也无法立刻找出明确的答案。不过在松本的心中，还是渐渐地厘清了“糟糕现况的源头”在哪里。

总之问题在于缺乏主体性。

既然法律这么规定，我们就照做——这样是不行的。

众人的意见差不多都说完的时候，汤田慢慢地开口了：“松本，人必须与人携手一起前进啊！”

这时松本想到了一个点子——下次的培训讲座就该这么做！

忧虑和不安并没有减少，但是这样应该可以往前踏出一步。松本觉得好久没有像这样慢慢地呼吸了。

可是他想到的计划，可以说是行政事业上史无前例的内容。

“现在我想请大家把意见写在这里。”松本说，他手里拿着便利贴。

2002 年 5 月，熊本市动物爱护促进协议会的第二次培训讲座召开了。

如果下回还是同样的情形，就没有再下一次

了——松本怀着这样的想法，最后总算想到使用便利贴的点子。

松本面对聚集在集会室的成员，开始说明：

“接下来我们要分成两组，请大家讨论，然后把讨论出来的意见全部写在这里。”

讨论的主题主要有三项。

第一个主题是提出自己心目中的动物保护理想样貌。第二个主题是把理想和现实相比较。如果觉得无法实现，问题出在哪里？为何觉得无法实现？就是要众人讨论这些。第三个主题是思考解决问题症结的方法。请每个人提出意见，说出自己身为动物爱护促进员，能做出什么贡献。

这是一种叫作“脑力激荡”的小组讨论法，是松本在汤田主办的读书会上学到的。

第一次培训讲座时，松本除了感觉公家机关不受信任外，还察觉了另一个重大问题，也就是会提出问题和意见的，只有一小部分人。与松本对话的，全是具有社会地位的、擅长对公众发表意见的、所谓声音特别大的人。除此以外的人，都是从头到尾一声不吭。

如果成员的意见一致，也可以请这些活跃的人担任中心人物，炒热活动气氛。但是尽管同样从事动物相关行业，或者说正因为是同行，反而浓浓地流露出彼此反目的氛围。

所以对松本来说，这样的小组讨论几乎是一种赌注。

他完全无法预测众人讨论之后会出现什么样的意见。立场和意见相左的人，鸿沟或许会变得更深；成员也有可能对原本就信用尽失的行政单位爆发不满，让场面变得不可收拾。

“谁要干这种蠢事啊！”

成员撂下狠话，所有人集体离场的可能性也不是零。如果演变成那种局面，行政单位与市民合作的计划就完全化为乌有了。这也意味着熊本市扩大猫狗救援活动的大好机会完全消失了。

即使如此，松本也只能孤注一掷了。

松本认为首要任务是了解所有成员的真心话。若非如此，大家甚至无法站到合作的起跑点上。

“首先请大家提出各人关于动物保护的理想。即使就像美梦一样也行。什么都可以，请说出大家的希望。”松本说。

于是原本彼此观望的成员开始渐渐开口了。

“我的理想是一个把动物当成自己的孩子般对待的社会。”

“我希望饲主能够好好地饲养自己的猫狗，不要让它们生病。”

“我认为保护动物就是拯救被抛弃的猫狗。”

“绝对不能容许虐待动物的行为。我要让虐待动物的行为从世上消失。”

“动物有生命也有心，希望有更多人了解这一点。”

整个团体只有十人左右，人数并不多，所以与官方会议相比更能轻松地发言。松本把众人提出的意见写在便利贴上，贴在每个人都看得见的地方。然后以此为基础，进入第二个主题的讨论：如果想要让理想成为现实，会碰上什么障碍?

“有太多饲主不知道怎么管教宠物了。”

“别说管教了，有些饲主甚至没有为狗做登记。”

“因为小孩子想养就养，可是那些父母连狗需要散步都不晓得。”

随着讨论进行，成员们开始相互认同、彼此点头了。像这样花了四十五分钟讨论三个主题后，众人发现了一个意外的事实。

对于进行动物保护活动的方法和优先级，以及其他的细节步骤或意识形态，每个人都不尽相同。可是如果思考目标在哪里，答案却令人意外地满场一致。

为什么非得扑杀那么多的动物不可?

那种做法绝对是错的!

想要拯救更多的猫狗!

这与在动物行政现场工作的松本、现场主任松崎,还有所长渊边三个人的心情完全相同。

松本有了确信:只要和这些成员一起,一定能有一番作为!

在摸索中成立的熊本市动物爱护促进协议会总算从起跑点跨出了一步。

第四回

明天真的不用扑杀吗？

第四話

明日の処分、本当になかとですか

动物行政机构的早晨很早就开始了。

在熊本市，负责动物收容及管理的职员 7：00 过后就会来上班。换上制服后，喂猫狗吃饭、喝水，然后清扫收容动物的空间。

每个人都迅速利落地工作，但时间一眨眼就过去了。结束早上的工作，回到办公室时，已经过了服务台的开放时间 8：30，电话响个不停。几名事务职员负责接听电话，但很多时候光靠职员仍然应付不过来。

大部分都是来自市民的申诉电话。行政单位收到的投诉，前三名分别是：①动物叫声扰人；②动物粪尿污染环境；③叫公家机关派人来抓走放养的狗或流浪狗。不只是熊本市，全国的动物行政单位皆是如此。

会来通报的大部分都是饲主的邻居，因为不愿意当面向饲主抱怨，所以把差事推到中心的职员身上。

这天现场主任松崎正吉接到的电话，是居民申诉附近有人放养犬只，造成困扰。

“那只大狗总是在外面晃来晃去，我一直觉得很危险，结果今天早上真的被咬了。”

松崎接到通报，和职员一起赶到现场。

打电话来的人说是被咬，也只是轻微擦伤，并没有流血。他说只要能请饲主不要让狗在外面游荡，他也不想把事情闹大。松崎立刻请他带路。

“饲主住在那里。”

看到通报者指示的位置，松崎不禁一阵哆嗦。

那个位于神社后方小空地的住家，是用纸箱搭成的。

很多人即使失去了工作和住家，还是与猫狗生活在一起。就算自己三餐不继，还是会设法为猫狗弄到食物，并好好清扫粪尿，努力不给周遭居民造成麻烦。虽然也有一些饲主没有进行原本应该是义务的登记及预防注射，但如果好好地饲养，行政单位几乎都会默许，熊本市也是如此。

但是如果饲养方式有问题，就必须进行指导才行。

“也没有拴起来，总是让它到处乱逛。”

通报者才刚说完，那只大型混种狗便注意到众人，叫了起来。好像有戴项圈，但的确没有狗链，也没有狗绳，它边叫边慢慢靠近这里。可是就松崎看来，那种叫法与其说是攻击，更接近警戒，只要不硬是对它动手，应该不会有事。

问题在于饲主。如果能顺利沟通就好，但……

松崎怀着期待，向纸箱屋出声招呼：

“我们是熊本市动物爱护中心的人。我们想跟你谈谈狗的事。”

狗被松崎刺激，叫得更凶了。可是纸箱屋里一直没有反应。

“不在吗？”一名职员说。

结果纸箱稍微动了一下。里面好像还是有人的。

“我们接到投诉，说你放养在外面的狗给人造成麻烦了。我们想跟你谈谈，可以请你出来吗？”

松崎才刚说完，纸箱就猛烈地摇晃起来。

“你们要干什么！”

从里头出现一个中年男人。

不合季节的脏污衣物，散发出独特光泽的皮肤，从男人的风貌，可以推测出他已经过了相当久的这种生活。男人的模样完全就是众人认知中的典型游民。

可是众人全都“哇！”地惊叫，后退连连。

因为边吼边大步走来的男人，手中握着一把刀。

“谁叫你们来的？”

“是附近居民联络我们来的。那只狗总是放养在外面吗？”

“跟你们没关系！”

虽然距离很远，却闻得到男人的身体散发出一股酸臭味。他口齿不清，脚步也蹒跚不稳。仔细一瞧，他握着刀子的手也几乎没有使劲。

职员出声试图安抚他，但他只是摇摇晃晃，不停地吼叫、胡言乱语。

“松崎兄，怎么办？”

“看他那样子应该不会伤人，可是他手中毕竟有刀子。我们联络警方一起过来吧！”

动物爱护中心的职员经常必须访问饲主家。这些饲主的共通之处顶多只有饲养猫狗，不管是生活形态还是想法都五花八门。可是职员必须让这些人好好地理解应该遵守的规矩才行。有些人只要好好说明，意外地很快就会接受；但也有些人只会不停地谩骂职员，根本无法沟通；甚至也有人不光是语言暴力，还会动手动脚。但只要附近的居民申诉，职员们就不能放任不管。这种时候他们会请求警察署的生活安全课来支援。

松崎和警察一起过来，结果男人不再亮刀子了。但对于请他不要把狗放养在外面的要求，男人完全听不进去。

“我的狗要怎么养，是我的自由！”

“那样不行的。如果你没办法照规定饲养，我们就必须把狗带回中心收容。”

不管怎么说，男人就是不肯把狗拴起来。狗依然在纸箱屋的周围自由漫步。既然了解到饲主没有遵守规定的意思，就不能把狗留在这里。

男人发现狗不见了，隔天早上出现在中心的服务台。

“谁准你们随便把人家的狗带走的！把狗还给我！”

对于这个一脸凶相地吼个不停的男人而言，那条狗一定是不可取代的亲人吧。“正因为如此。”松崎心想。

正因为如此，才希望他好好饲养。

“如果你不答应把狗拴起来，我们就不能把它还给你。把狗放养在户外会造成附近居民的困扰，万一生了小狗，会增加不幸的生命。”

“你说什么?!”

男子更加暴跳如雷。

究竟要花上多少的时间和劳力，才能让这个饲主明白？想到这里，松崎一瞬间差点就要叹气。可是如果满脑子只计较效率，是没办法减少被扑杀的动物的。

“如果你要我们把狗还给你，就要答应会好好地饲养它。”

不管被男人怎么吼，松崎也不能放弃劝说。

然后某天傍晚，发生了从来没有人想过的情况。

“松崎兄，有时间吗？”松本充史走过来问。

“刚才业务负责人报告说，下午没有捕获任何狗。”

“今天上午也没有抓到狗呢。”松崎确认说。

松本淡淡地接着说：“是的。所以犬舍还没有满，明天要怎么办？”

明天是扑杀的日子。

可是毒气箱前的犬舍还有一点空间。

“还有多少空间？”

“这几天抓到的数量比较少，也有一些成犬被收养，应该还可以再容纳六七只吧。”

正好是一次扑杀的份。

松崎这么想，同时松本的嘴角也微微上扬。

启动一次毒气箱，可以赶进不锈钢箱子的犬只数目是七只左右。也就是捕获了新的狗，而使得犬舍无法容纳的犬只数目。可是虽然明天就是扑杀的日子，犬舍还有可以容纳狗的空间。

“那明天就不要扑杀了。”

松崎以现场主任的身份做出指示，同时感觉到一股宁静的兴奋。

终于等到这一天了。

每星期两次的扑杀，这个规定是从什么时候开始的？松崎从来没有想过，也没有兴趣。他不想杀害动物，他想要立刻停止这种行为。他满脑子净是这样的祈祷，而它终于成了现实。明天，没有动物会在这里失去生命。

松本当然也是同样的心情。不用扑杀，明天不用扑杀。他一直盼望着能够说出这句话的那一天，却怎么样都无法想象这一天的到来。他好想说什么，却一时说不出话来。松本放弃勉强说话，露出洁白的牙齿，灿烂地笑了。

“真的吗？”

其他兽医听到两人的对话，从计算机屏幕后抬起头来问道。松崎点点头，同时露出一种难以置信与安心糅杂在一起的表情。

“明天真的不用扑杀吗？真的吗？”

兽医玩味着这话似的重复说。

这个消息立刻传到了所有的职员耳中。就连平日不怎么表现出感情的业务职员也喜形于色。办公室里充满了祥和的气氛。

在县道 103 号左侧看到货车站后，松崎打了右转向灯。汽车广播传来的新闻从交通信息转为天气预报。对松崎来说，这是一如往常的通勤时间。

爬上小山坡，进入单位大门后，眼前便是管理区平房。狗记得职员开的汽车的引擎声，关闭的铁门另一头传出几只狗的吠叫声。因为狗知道，职员上班后没多久，它们就有饭吃了。

对于收容在这里的狗而言，唯一的乐趣就是吃。如果太早开始照料狗，狗会兴奋乱叫，惹来邻近住户的抗议。几个星期以前，职员接到通知，要他们把进犬舍照料的时间延后一点。

虽处于微妙的时间段，但松崎立刻换上制服，前往狗群所在的地方。已经吃饱的狗不会再随便乱吠，还在吠的狗是因为想要撒娇：“过来这里！来跟我玩！”只是朝它们走近几步，它们就尾巴狂摇。松崎被它们可爱的动作吸引，停下手头的工作，摸摸狗的头、脖子及背部。

松本以外的职员也都面带微笑地伸手摸狗。

如果是平常的扑杀的日子，实在没有这种闲情逸致。更重要的是，一想到接下来要做的事，根本没办法去抚摸狗。

可是今天是特别的。

今天一整天毒气箱都不会启动。不用赶狗，在管理区里也不会听到自动控制装置的马达声和注入二氧化碳的声音。

这个值得纪念的日子，是几月几日？

然而不可思议的是，不只是现场主任松崎，连松本也没有确切的记忆。顶多只记得大概是在 2001 年秋天至冬天这段时间。

这是在难以承受的工作中，忽而造访的片刻轻松。虽然是件令人开心的事，但对于在现场工作的人来说，仍然只觉得它是一个偶然，是一种突发的特例。

如果在这里松懈下来，立刻又会折回原点了。在挣扎着努力前进的心情中，实在没有时间去为偶然的一天停下脚步。

第五回

难道就没办法救这些狗吗?

第五話

こん犬たち、助けるの無理ですか？

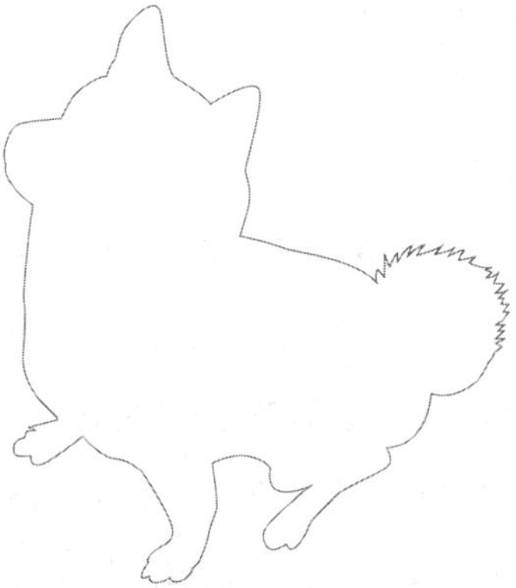

“你的意思是叫我们职员替你杀吗？”

所长渊边利夫的声音传遍整间办公室。

这天一早就有人委托捕狗，所以松崎正吉和松本充史都外出了。有人送狗过来要求收留，渊边出去应对，结果看到一名穿着高级西装的中年男子站在那里。

“我有一只狗不能养了。”

应该是上班途中绕过来的吧。脸虽然向着渊边，但穿着擦拭得晶亮的皮鞋的一只脚对着门口，一眼就可以看出他不想在这里浪费时间。他说他不能照顾那只狗了，如果中心可以收留，他会在今天傍晚把狗带来。

听完之后，渊边故意放慢了速度问：

“可以请教不能养的理由吗？”

男子一脸不耐烦，匆匆地一鼓作气说：

“它上了年纪，不能看门；眼睛看不清楚，兽医也说它身体有些毛病。如果今后要麻烦人照顾它，没人受得了，而且也没钱让它看医生。所以我想把它送来这里。”

如果那只狗至今一直守护着门户安全，至少让它最后在家人看顾下过世才好吧？为什么连这点程度的事都做不到？从男子的穿着打扮，一点都看不出生活拮据的样子，他却说没钱让狗看医生，这是什么意思？

对渊边的问题，男子苦笑着回答：

“看着它渐渐衰老死掉，不是很可怜吗？”

这一瞬间，渊边忍不住放声斥喝那个男人。

“可怜?!明明就是只想要甩掉麻烦，居然还敢说什么可怜！因为不想面对生物的死，就叫我们职员替你动手杀掉吗？”这叫人目瞪口呆的自私自利的想法，让渊边无法压抑怒意。

他一想到那只狗过去一直守护着男子的家与家人，就觉得它可怜极了。它在这样的饲主身边，曾经感受过快乐或欢喜吗？面对不长的余生，那只狗是怀着什么样的心情度过每一天的?

渊边觉得喉咙好似被掐住般呼吸困难。

“你是它的饲主，却连它的心情都不懂吗？”

“你这个公务员什么态度！”

男子受到责骂，吓了一跳，激动地大喊他受到侮辱，他不能容许这种事，要向市长告发。那又怎么样？错的是这个不把生命当生命看待的家伙。

“好哇，我无所谓。”

渊边的语气变得更强硬了。

看到渊边态度坚决，很快，男子虽然嘴里依旧咒骂，但还是吞回了“我要把狗送过来”的话，打道回府了。

自己刚才是不是至少延长了一只狗的生命?

可是渊边的心情一点都开朗不起来。活在那种饲主身边，那只狗一定一辈子都不了解身为狗理所当然的幸福，就这样结束一生。或许它甚至无法接受治疗，在痛苦与不安中死去。

可是——渊边转念一想：

即使是那种饲主，对狗来说依然是饲主。只要有熟悉的家人和住惯的家，狗就能够安心。

比起被关在不锈钢的小箱子里，痛苦喘息着死去，还是幸福多了。

或许其实还有更多能做的事。可是现在渊边只能这样去想。

松本读着资料，感到难以置信。

以前居然有收购制度这种东西，也就是市民抓到流浪狗送去保健所等地方，就可以领到奖励金的制度。

那应该是狂犬病预防法刚实施不久，街上到处都有野狗游荡的年代制定的制度吧。然而这样的制度即使进入平成时代（1989—2019），仍然存在了一段时间，这令松本惊讶极了。

他询问年长的职员，他们说“都是些小孩子和老年人在抓狗赚取零用钱”“每年都有人利用这个制度，明明是自家的狗生的小狗，却硬说是野狗生的，送来换钱”。

这个样子，被扑杀的动物不可能减少。

可是即使制度废止后，现在依然有许多动物悲惨地死去。不管再怎么扑杀，感觉都永无止境。前方真的有终点吗？这种想法在调到这里几个月之后，变得更加强烈了。

这天是必须扑杀的星期五。

早上松本换上制服前往动物管理区，看到水泥地上摆了一个纸箱，打开一看，里面装了几只小狗。

“是早上有人丢的。”

一名职员指着办公室旁边的门说。

中心在收留猫狗时，会要求委托人填写文件，提供姓名住址和无法饲养的理由等信息。可能是想要逃避这些麻烦手续的人干的，每年都会发生几次有人趁夜把猫狗丢弃在这里的事件。

小狗们好像才出生两三天，只有手掌大小而已，眼睛还没有张开。它们哼哼唧唧地叫着，摆动着四肢。小狗拥有光是存在在那里就能惹人微笑的力量。松本和职员看着纸箱，微笑起来。

检查小狗的嘴巴、耳朵和肛门，十分干净，每一只都很健康。如果照这样好好饲养，一定会变得更加可爱。

“难道就没办法救这些狗吗？”

松本忍不住问站在几步外看着纸箱的现场主任松崎。可是松崎低垂着视线，摇了摇头。

如果要拯救还没有断奶的幼犬，职员就必须不分昼夜地整整看顾好几个星期。松本也很清楚，凭中心有限的人力，根本没有余力去照顾小狗。

所以至少想让它们没有痛苦地死去。松本和松崎能够做的，只有发挥兽医的技术，为它们执行安乐死。

可是如果是已经断奶的小狗，就有一点希望。

只要成长到可以吃市售狗粮的年纪，照顾起来就跟成犬一样，而且饲养空间的需求也比成犬更小。与此同时两三个月的小狗，被人认养的可能性也很高。

因为有些人想要养狗时，不会去宠物店，而是到动物爱护中心来。

“如果有小狗，我们想要认养。”

一位母亲带着小学低年级的男生过来。

“如果你们愿意，现在就可以去看小狗。”

松崎立刻带母子到犬舍去。良缘总是在意想不到的时候到来。为了不错过任何一个机会，松崎和松本总是用心照顾健康的小狗，以便它们随时可以被人认养。

母子花了许多时间，总算挑选了一只小狗。狗栏里还有几只小狗在玩耍。母亲看着这一幕，询问松崎：

“这些狗都在找饲主吗？”

“是的，它们都在等待被领养。”

“如果找不到饲主会怎么样？”

“会被扑杀。”

听到松崎的话，母亲哑然失声，男生拉拉母亲的衣服问：

“妈，什么叫扑杀？”

“就是这些小狗会死掉。”

母亲一开始虽然有些犹豫，但还是明确地解释道。男生听到这话，可能是有所感触吧，紧抿着嘴，直盯着围栏里的小狗看。

气氛变得有些沉重，但今天还是救了一条生命，对松崎来说是开心的一天。

“所以这只狗就托付给你们了。请你们好好地疼爱它直到最后。另外，如果还有人想要养小狗，可以告诉他们这里可以领养吗？”

母亲抱着小狗，一再点头说：“当然，没问题。”

如果世上再多一点这种人，无人眷顾地死去的动物数量一定可以减少。这种口耳相传的方式不会一下子就带来成果，但后续效果不容小觑。

我们听说这里可以领养小狗——像这样来访爱护中心的人渐渐增加了。

另一方面，对于成犬，依然找不出任何具体对策。

松崎和松本来到这个单位后的几年之间，供一般民众领养的动物原则上只限于小狗。

理由主要是这些成犬曾经一度被社会判断为不被需要，遭到行政单位收容，却又再次送交给市民，似乎说不过去。而且似乎还有一个隐而不宣的理由：万一发生成犬咬伤饲主的意外，行政单位实在负不起这个责任。

可是这些规定并不是经过详加讨论之后得出的结论。成犬没有什么人想要认养，既然没有需求，就没办法为此付出精力。由于状况如此，成犬没办法救助的观念，成了一种近似常识的默契。

可是凡事都有例外。

“这只狗 / 猫居然会被饲主抛弃，来到动物爱护中心，一定是哪里弄错了！”“这只狗 / 猫居然没办法得到幸福，太没天理了，我无论如何都想救它！”

在现场工作，一定会邂逅让人不由得这么想的动物。

松本就是在调到这个单位才两个月的 2001 年初夏，遇到了这样的狗。

那是在市内医院土地上捕获的柴犬系混种狗，因为非常亲人，所以在医院工作的护士们照顾了它一阵子。可是饲主一直没有出现，只好请中心抓去收容。

为什么会觉得这只狗好？

即使被这么问，许多饲主也无法给出明确的答案，松本也是一样的。

总之就是可爱。

在有许多狗被收容的动物管理区里，松本总是不自觉地看着它。而它也看着松本，一脸开心地摇尾巴。松本伸出手去，它就会露出更开心的表情，把头和整个身体都挨过来摩擦。松本用力抚摸它的背和肚子好一阵子。

“再见。”

松本转过身要回办公室去，狗便露出依依不舍的神情。松本跨出步子，背后传来“喀沙喀沙”的细微扒抓声。回头一看，狗正把前脚搭在栅栏上，鼻尖用力往外探。那柴犬特有的漆黑、浑圆的美丽眼睛坚定不移地注视着他。

只剩下几天了。

等到那一天，就再也看不见它可爱的脸蛋了。搭在自己的手和膝上的前脚、包覆着短毛的背部、虽然略嫌细瘦但肌肉匀称的后脚、卷翘的尾巴……

“这一切都会永远从世上消失，而且是被我的这双手断送。”瞬间，松本一阵哆嗦，“我绝对做不出这种事，我怎么可能做得出这种事！它要死在这里，这怎么想都太没天理了！它应该在人类的呵护下生活，现在这种随时受到毒气箱威胁的生活才是错的。”

“不要紧的。一定、绝对会有机会的！”

现场主任松崎也有同样的想法。

“我们这里有只很可爱的狗，有没有人能领养？”

松崎不停地打电话给朋友和以前的同事，以及他们的朋友。我们家不能养，不过我会问问朋友——如果有人这么说，他会毫不犹豫地请求协助。成犬原则上不被列为认养对象，但只要有人强烈要求认养，就不受规定限制。“即使是透过职员介绍，只要找到愿意认养的人，表面上说得过去就没问题了。”松崎这么认为。

这种电话作战意外地很有效果。松崎利用这种方法，过去成功地让好几只狗被领养了。松本和所长渊边也加入电话作战。可是这一次不管询问任何一处，都没有得到好的回音。

松本延长了收容期限。

在许多狗被扑杀的情况下，只让职员喜欢的狗苟延残喘，这一定是不公平的事。

这是工作，所以不该受个人喜好或感情的左右。如果感情用事，就没办法胜任这个工作。只要是在这个单位工作的人，都曾这么想过，并且压抑个人情感。可是要完全压抑情感是不可能的事。

就是因为明白这一点，渊边和松崎都没有阻止松本的决定。

他们想要改变熊本市的动物行政。

目标已经决定了。可是实现目标的路途却是无法想象的漫长崎岖。

在此期间，他们必须一边向无法拯救的动物道歉，一边启动毒气箱。要继续从事这份工作，就需要有“某种东西”能使人在意志力崩坏之前努力撑下去。

可是既然成犬认养无法以官方方式进行，要在几天之内找到愿意领养的饲主，成功率实在很低。即使如此，松本还是再一次延长了收容期限。收容天数已经进入第二周，收容空间已经狗满为患了。扑杀迫在眉睫。

一早就在市内巡逻的捕获车中午回到了中心。从车上放下来的全是中型到大型的成犬，有三到四只。

松本见状，瞬间就领悟了——

已经到了极限了。

他就这样直接回到办公室，来到松崎的办公桌前。

“关于那只狗的事……”

松崎抬头望去，总是抬头挺胸的松本有些驼背地站着。松本说的“那只狗”就只有一只狗。松崎从他的语气中察觉到他已经得出了结论，就这样等他继续说下去。

“我决定领养它。”

“真的？你终于决定了！”

松崎露出亲和的笑容，松本也跟着露出大而洁白的牙齿。

“是的。我今晚就带它回家。”

“太好了。可是家里没问题吗？”

“我老婆一定会骂，但总有办法吧。”松本苦笑着说。

他家里已经有一只狗和五只猫了。他在同一所大学认识的妻子是农学院出身，当然也喜欢动物，不过如果要好好饲养动物，不但需要付出心力，还有饲料和医药费等开销，而且家里的空间也容不下更多动物了。松本调到动物管理中心时，就已经被老婆警告过了。

这天晚上不出所料，松本被老婆狠狠说了一顿。

“下不为例！可是好可爱喔！”

就这样，原本前途未卜的无名收容犬成了松本家的爱犬。

他们替它取名为苦瓜。

夫妻俩的兴趣是去冲绳潜水，取这个名字就是因为他们最喜爱的土地盛产苦瓜。然后没过多久，松本的手机里便充满了苦瓜的照片。

能拯救的动物还只有一点点，可是对于在这里工作的职员来说，却有着重大的意义。

我们救了这孩子！——这样的体验和感情支撑着他们的心灵。只要有那喜悦的心情和温暖的感情及心意，即使现实令人挫败，也会让人觉得还可以再继续挺身面对一下，可以鼓起这样的力气。

“从这里领养的狗真的好聪明，不会恶作剧，乖巧极了！它现在已经是我们全家的宝贝了！”

每次听到成为饲主的人这么说，每个职员就能稍微喜欢这里的工作一点。

所以只要一有机会，就要努力去扩散，为的是让这样的例外总有一天变成理所当然。

第六回

零扑杀根本是痴人说梦

第六話

処分ゼロなんて、所詮は夢物語たい！

公务员一般来说，都重视多种职务的经历，也就是所谓的“职务轮调”(job rotation)，很多都会在三年到五年就更换单位。

所以即使收到调职令，也没有人会惊讶。可是不少人会感到不知所措。

2003 年春天，所长渊边利夫必须离开这个单位了。

我不想杀害猫狗——

虽然从事动物行政工作的职员不少，但从来没有人会刻意把这话说出口。然而每个人都在心里这么想。

想要改变这个单位。

正因为顶头上司定下这个不动如山的方针，松崎正吉和松本充史才能够不受惯例束缚，提出崭新的点子，并采纳新的做法。

即使如此，猫狗的扑杀作业依然在这个单位的业务中占据了极大的比例。

明明是杀害动物的地方，凭什么叫动物爱护中心？被市民这样奚落，职员无可反驳。这就是这个单位的现实。

被绝望感侵袭，已经是家常便饭了。即使如此，还是会发生一些令他们稍微涌出希望的好事，使他们勉强维持心灵的平衡，继续这份工作。

上头的想法主宰了组织的方针，这一点无论是在行政机构还是一般企业都是一样的。如果新所长是热心投入动物保护的人就好了……

松崎和松本如此祈祷着，迎接新的一年。

然后新的所长走马上任了。

“松崎，我想问一下这份资料的情况。”

松崎被叫过去，看到新所长手里拿着他前些日子交上去的文件。

那是有关这里处理过的动物的统计资料，有捕获及收容数目、市民送来的动物数目、回到饲主身边的动物数目，以及成为领养对象、找到新主人的动物数目，还有在毒气箱扑杀的猫狗数目，等等。

松崎整理了前一年——2002 年 4 月到 2003 年 3 月底的资料，才刚完成最新的统计数字。上面除了一年间在这个中心被扑杀的动物的具体数目，还包括了收容动物的返还率、生存率、扑杀率，可以说只要看过这份资料，就能够了解熊本市动物行政的全部。

“这资料每年都会公布吗？”

“是的，我们每年都会把信息公开在媒体上。”

“这样啊。可是今年不用了。”

松崎怀疑自己听错了。不用了，意思是不许吗？

“呃，请问为什么呢？”

结果新所长反过来问：“为什么要公开扑杀的动物数目？有什么理由公开会引来市民抨击的资料？”面对否定公开资料必要性的新所长，松崎的脑中浮现出几年前的事。

他刚调来之后不久，曾经调阅过以前的资料，却发现几个令人难以释然的地方。虽然有扑杀的数目，但是在收容期间死去的动物数目完全没有被计算进去。

有不少动物会在扑杀之前就死去。万一犬舍发生传染病，免疫力差的小猫小狗和老猫老狗有时候连扑杀都等不到，就会先病死。可是当时没有统计这些数字并记录原因的制度，也就是虽然叫作统计资料，数目却暧昧笼统。

反正都会死——

松崎感受到弥漫在动物行政现场的懒散氛围。生病或衰弱而死，与被毒气箱扑杀完全不同。可是这里不仅没有对两者加以区分，甚至完全忽视了前者。这个样子是不可能减少被扑杀的动物数目的。

因此他开始进行资料的彻底透明化。

原来政府杀了这么多的动物吗?!

被当地媒体等报道后，有时会有市民惊讶于遭到安乐死的动物的数量之多，打电话来抗议。可是问题的根本在于不负责任的饲主。有的时候也可以透过市民打来的抨击电话，向外界倡导减少不幸动物的方法。

松崎体认到了这一点，向新所长说明了公开资料的理由。

“除非市民了解到现实，否则不幸的动物不会减少。为了这个目的，必须继续公开资料。”

然而新所长不肯答应。

“我不懂所长不允许的理由。除非听到理由，否则我不能停止公布！”

但是不管怎么说服，新所长就是不肯点头。

在松崎看来，新所长对于动物保护一点兴趣也没有。当时与松崎一起在这个单位工作的许多职员都有相同的印象。新所长的愿景是什么，他的方针在哪里，新所长完全没有向职员说明这些，而且本人直到现在依然不肯发表意见，因此大家都不清楚他的想法。

“我得在这样的上司手底下工作吗？”

一想到这里，松崎不禁感到绝望，同时危机感也逼近了。照这样下去，他们一直以来的努力将全部化为泡影。

主管的权限和影响力非常大。不论中坚和新进职员再怎么努力试图行动，也有可能因为主管不肯放行，陷入无能为力的窘境。松崎身为行政人员，不是完全没有这类经验，因此更是焦急了。

只要稍有疏忽，可能就一败涂地了……

也有可能让这个中心过去的努力全部白费，在短短几个月内又回到只知道不断屠杀动物的那个时候。

“我绝对不允许这种状况发生！”

松崎烦恼极了。他烦恼到最后，还是向媒体公开了2002年的统计资料。新官上任就颜面扫地的新所长当然不会保持沉默。

“我都那样再三交代了，为什么你还是违背指示？”

“那就给我一个可以接受的解释！”

松崎平常是个公认的好好先生，此时却毫不客气地顶撞新所长。这都是为了不让过去的努力白费。这样做也是为了身为领导部下的现场主任及公务员的自己。他想要拯救更多的动物，即使只多一只也好。他无论如何不能在此时放弃这个目标，绝对不行。他这么坚定自己的决心。

两者的关系急速地恶化了。

春季是狂犬病的预防接种季节。

新年度刚开始的约一个月，可以说是动物行政职员最为忙碌的时期。职员几乎每天都要前往市内各地的预防接种会场，有时候一天要跑两个会场，忙着为来自各地的饲主的爱犬接种。他们异于可以准时下班回家休息的公务员形象，在 4 月底 5 月初的连续假期结束之前，周末加班都是理所当然的。这是一段繁忙的时期。

可是对于喜欢现场工作的松崎来说，这绝对不是一件苦差事。

对于新官上任就起冲突的新所长，只要把该确认的事情交代完毕，其余就没有什么好说的了。必须一直待在外头工作，反倒合了松崎的意。

而预防接种会场其实是推广动物保护活动的绝佳地点。比方说宣传宠物名牌的重要性、呼吁饲主预防爱犬走失。虽然时间有限，但这是一次可以对许多市民进行启发活动的好机会。

在这样的日子中，松崎的心情平静得近乎不可思议。

不能指望上司。对自己来说，这是不可动摇的事实。像这样想着想着，他再也没有半点迷惘了。

想要拯救不幸的动物。总有一天要打造一个不用扑杀动物的单位。当然过去他也一直这么想，可是现在的他很少再感到迷惘了。比如说，以前被人批评这只是理想的时候，他嘴上当然会反驳，然而同时脑中也会闪过扑杀动物的情景。

害怕地趴在冰冷水泥地上发抖的老狗、向人撒娇想要玩耍的和善的狗，为了把它们赶进毒气箱，用这双手推动可动式隔墙时的心情。终其一生，他应该都无法客观地说明这些吧。

硬要说的话，那里存在的是“虚无”。

什么都不想、什么都不去感觉，他明白这是不可能的事。可是这是自己被交付的工作。所以那一瞬间，他只能杀害这些动物。

在精神方面，他一定是踩在岌岌可危的边缘。可是动手的时候，自己的心是什么状态，连松崎自己都不是很明白。

结束扑杀作业后，焚化炉会升起烟来。可能是今年的梅雨已经近了，湿度高的日子，烟在很低的地方就会缥缈无依地扩散开来。

“这种事真叫人难受。”

“那些狗的饲主太不能被原谅了。”

他和松本及其他同事在办公室门口前的洗手台洗着手，彼此说道。虽然只有短短几句话，但意义重大。

他知道这么感觉的不只有自己而已，身旁就有对此有共鸣的同伴，这对松崎来说是不可取代的心灵支柱。所以他没有工夫去犹豫。

现在必须再前进一步——至少半步也好。若非如此，这个单位将永远被嘲笑为虚有其名的动物“爱护”中心。

就在这个时候，熊本县兽医协会联络了松崎。

“可以请你在我们的会刊上写一篇文章，谈谈熊本市动物爱护中心在动物保护方面的努力吗？”

渊边被调来担任所长以前，这个地方一年扑杀的狗有七百至九百只。然而 2003 年春天整理的上一年度的资料显示，扑杀的狗只有不到四百只。会减少近一半，是因为走失的动物回到饲主身边的数目，以及被新饲主认养的数目增加了。

如果没有渊边、松崎、松本，还有赞同他们的职员及市民的协助，是不可能取得这样的成果的。

然而即使到了现在，一般人把动物爱护中心视为捕捉动物并加以扑杀的场所的印象还是根深蒂固。除了一般市民，在其他单位工作的熊本市职员、与动物行政关系密切的兽医协会的会员也几乎都这么看待动物爱护中心。

所以松崎对于当地兽医协会对中心的努力感兴趣，觉得很欣慰。

这是传达现状的好机会。可是光是传达现状是不够的。松崎认为要让更多人产生兴趣，必须有展望未来的计划并用“诉诸感情的事物”来表达这一愿景。

以零扑杀为目标——

真的有可能吗？

姑且不论可能性，如果有人问他，目标是什么，答案只有一个。所以松崎刻意在标题中用了“零”这个数字。动物行政现场的公务员在公开场合使用这个字眼，应该是破天荒头一遭。

松崎在文章里报告过去的资料和事实，并坦诚地抒发身为一线职员的心情：

> 扑杀动物的业务，对我们职员来说是一项非常痛苦的工作。我们也感到非常气愤，为什么不负责任的饲主违反“适切地终生饲养动物”的义务，烂摊子却要行政单位来为他们收拾？我想要设法减少扑杀。这里的职员每天都在思考，究竟该怎么做才能减少扑杀的数目？

为了减少扑杀，过去他们做出了什么样的努力？

松崎详细介绍他调来这个单位的 2001 年 4 月以后，约两年多时间所推动的各项措施。

将收容的走失犬资料附上照片刊登在网站上，并且在动物爱护中心举行熊本市兽医协会主办的“小狗认养活动”；此外，经判断适合成为宠物犬的成犬，只要有人愿意领养，就开放认养。

弃养的原因与管教不当有着极深的关联，因此也开办爱犬管教教室，并提供个人电话咨询。

虽然只有短短两年，但回头一看，可以知道确实取得了不错的成果。即使光看生存率，这两年之间就从百分之二十增加到近百分之四十。公开宣布“好，我要做！”并且付诸行动，就可以有这么大的改变——松崎整理着这两年来的成绩，觉得获得了极大的成就感。

变化最大的是有人把宠物送来时的应对方式。即使对方说“我不能养了”，也不是唯唯诺诺地收下，而是努力劝说饲主：“就不能设法继续养下去吗？”“不能帮它寻找新主人吗？”有时候由温和的松崎动之以情，有时候由强悍的“大哥”松本以不惜斥责的态度面对。结果饲主送来的动物从 2000 年的四百只，减少到 2002 年的二百四十二只，减少了约四成之多。松崎虽然提到“现实没那么容易”，但还是主张只要能够从根本上改变饲主的意识（提升道德观），就可以减少被扑杀的狗的数目，即使零扑杀也不是梦。

新所长读了稿子以后，命令松崎改掉标题。理由是“零”是绝对不可能实现的目标。可是松崎这回也强硬地拒绝了。问题不在于数字，这是一种意志的表明，昭告天下他们绝对要减少扑杀。所以这一点他绝对不能退让。

文章引来极大的反应。

“什么零扑杀，根本是痴人说梦！”

“居然敢这样夸下海口！”

不清楚动物保护现况的人自不用说，动物行政相关人员批评得尤其严厉。

“才不是梦。数字每年都在减少，只要维持下去，总有一天一定可以实现零扑杀。”

松崎反驳着，仍面带微笑。虽然距离口若悬河远得很，但他平静的语气让人感受到深沉的热情。不知不觉间，人们开始聆听松崎的话语，因此他很少受到彻底的批判和攻击。也有人乐观地鼓励他“希望总有一天真能如此”，不过还是没有人公开赞同他的“零扑杀宣言”。

松崎内心也觉得在所难免。

说老实话，他觉得顶多只能做到现在的一半。

这个时候，他的希望是设法把一年的扑杀数目减少到两百只左右。可是看看现状，就连这个数字也是个高不可攀的门槛。所以他觉得即使被嘲笑“看吧，什么零扑杀，天方夜谭啦”也完全无所谓。

他绝对要改变这个单位。为了这个目的，需要一个过去没有人敢说出口的坚定目标。

第七回

与其这样得过且过，干脆别做了

第七話

こぎゃん中途半端なこと、やめてしまえ!!

协议会总算开始活动了。

熊本市动物爱护促进协议会在 2002 年 1 月成立后的第三年，松本充史总算有这种感觉了。

松本从协议会成立的时候开始，就作为营运负责人参与组织的大小事。

由于是从白纸的状态起步，他们只能不断从失败中学习。不过他们渐渐掌握到：为了减少不幸的动物该怎么做才好；为了让更多人思考动物生命的意义，什么样的方法才有效。这些思索让他们得以拟订具体的行动方案。

其中之一，就是从2002年底开始的认养活动定期化。

动物爱护中心总是在为收容的猫狗寻找新主人。只要是上班时间，无须预约联络，直接来告诉职员“我想看动物”就行了。邻近的住户和过去曾在这里领养过动物的人，还有透过口耳相传知道中心状况的人，都会像这样来拜访、洽询。

只要增加认识新饲主的机会，就能更进一步减少被扑杀的动物吧。

可是个人上门拜访的人数有限，为了吸引更多人，认养活动的形式更具效果，如果有个固定的时间和日期，人们就会比较愿意出门。而且透过宣传活动，也可以让大众知道中心有许多动物正在等待遇见新主人。

可是认养会的举办需要技巧，比方说宣传的内容和方法，而且为了同时应对好几组来客，需要足够的工作人员来确实说明动物的情况。

中心的职员也感觉到举办认养活动的必要性，但中心人员有限，主持活动有困难，因此一直无法实现。

正因为如此，协议会成员的存在非常重要。

“松本先生，我们很清楚中心人手不足。准备方面，当天我们当然会鼎力相助，其他如果还有什么地方需要帮忙，请尽管开口。”

协议会副会长西川是在熊本市内活动的动物保护团体代表。过去她企划举办过许多认养活动及启发动物保护意识的游行活动、图片展、募款活动等。西川不仅提供了举办活动的经验与技巧，也常在认养会举办当天，带着志同道合的会员前来担任义工。

西川的声音沉稳清晰，而且她总是笑脸迎人。

她是那种行动力十足的人，却完全不会给人急躁或催促的感觉。她柔和的笑容令人印象深刻，让人感受到她的胸襟之宽阔。松本与松崎总是被西川那坚强又温柔的人格抚慰，并多次受到她的鼓舞。

松本由于公务员的立场，在会议中不好说明的时候，西川也会细腻地察觉，在事后找他详谈。

“松本先生，今天提出了那么多提案，没问题吗？”

“很有意思啊！有很多点子光靠我们自己，实在是想不出来呢。”

松本答道，西川闻言，露出放心的笑容。

协议会刚设立的时候，每一个被邀请参加的成员都不知所措。

“为什么我会被找来这里？我要在这里做什么？行政单位会不会是想利用合作计划的名目，轻松搜罗人才？会不会强迫我们担起责任？”

由于这些疑虑，成员都充满了警戒与猜疑。

可是只有西川不一样。

虽然没办法一切都如同理想，但总之现在先与行政单位合作，做好能做的事吧——可以感受到她有这样的理念。

西川的行动力很强。她平常的活动据点在熊本市内，但碰上紧急灾害时，她都会不辞劳苦地前往各地。阪神淡路大地震、有珠山爆发、云仙普贤岳爆发时，她都前往当地进行动物救援活动。

西川投入动物保护活动的契机完全是偶然的。她在朋友的邀请下，参观了某个动物行政机构。

会被抓到这种地方的狗，都是一般人无法处理的流浪狗吧——她原本抱着这样的成见，所以去到收容机构一看，整个人都呆掉了。那里的狗摇着尾巴，强调着自己的存在。职员说明这些狗几乎原本都是一般家庭饲养的宠物，而它们所剩的时间只有一点点。许多动物就像这样，毫无理由地遭到扑杀。

自己生活的近处，居然有这样的事不断地在发生……

西川大受震撼，泪流不止。

更令她受到冲击的是，负责扑杀工作的居然是兽医这个事实。

为了拯救动物而考取国家资格的人，居然必须从事屠杀动物的工作。世上怎么能有这么残忍的事？而这样的事居然好似理所当然地不断上演，再怎么说都太没道理了。身为一个市民、一个饲主，她觉得不能对这样的事实坐视不理。

就这样，西川成立了一个以启发活动为主旨的动物保护团体。

很快地，她就了解到动物保护团体对行政单位而言是一种棘手的存在。

有许多团体或个人单方面地要求政府立刻停止扑杀，并不断地做出激进的发言。听到这样的事，西川一开始很惊讶。那样做有什么意义呢？就算指责，对方也不可能改变呀……

所以西川的目标是从民间开始改变。

如果饲养动物，就要照顾它们一辈子。只要有更多的人把这视为常识，被送去行政机构的不幸猫狗一定会愈来愈少。说老实话，让国家和行政业务从扑杀转换成保护应该是最好的做法，可是那需要耗费许多时间。这段时间仍然会有大量的动物被屠杀，在那里工作的职员也必须继续从事严酷的工作。

西川这么想，因此当熊本市动物爱护中心邀请她参加协议会时，她高兴得几乎跳起来。

然后她听到了从来没有想过的发言。

“我们不想从事杀害动物的工作。”

“我们想要停止扑杀。”

在公家机关工作的人居然这样说！

西川惊讶之余，也向身边的人这么报告。有人佩服，也有人说她未免太天真，居然相信公务员的话。也有不少人劝告说：“反正政府一开始都会让人期待，然后再让你们希望落空。”

可是西川实在不这么认为。

她反倒觉得连在民间活动的人都放弃的事，如果是和动物爱护中心的职员合作，或许有可能成功。

她在会议发言时非常小心。因为她认为基本上行政单位都很讨厌动物保护团体。不想跟这种人共事——万一让对方心生嫌恶，萌生这种念头，就功亏一篑了。如果放过这次机会，恐怕再也不会有第二次了。

西川的努力成功地扭转了动物保护团体的形象。

动物保护团体很可怕、咄咄逼人、麻烦棘手、没办法理性沟通……

以往的苦头让松崎和松本对动物保护团体留下的怪胎印象，就这样被西川一百八十度扭转过来了。

“可以请你答应接任下任会长的职务吗？”

兽医松田光太郎参加协议会之后第四年，即2005年初时，初代会长这么向他探询。松田从协议会成立以后就一直担任动物爱护促进员，但他同时也是熊本市兽医协会会长，身兼多职，非常忙碌，所以他坚决婉拒接下协议会会长的重责大任。

初代会长说，协议会是个完全从零开始的组织，现在总算稳定下来，展开具体活动。还有，担任副会长的动物保护团体的代表特别热心，已经是许多活动举办时不可或缺的要角。

听到动物保护团体这几个字时，一股不愉快又再次涌上松田的心头。

松田在经营动物医院以及参与熊本市兽医协会的事务时，曾经好几次对上主张动物保护的团体和成员。

那是松田四十多岁时的事，距今约十五年了。

有一天，有个朋友找他商量野猫的事。朋友说有动物保护团体的人在他家前面喂食野猫，害得他家庭院成天有野猫流连，而且吃剩的猫食和排泄物污染环境，令人困扰。即使向团体成员说明这样会给附近居民造成麻烦，他们也只会吼道："难道要让猫饿死吗？"完全无法沟通。所以希望松田能站在兽医的专家立场去说服那些人。

松田实在是提不起劲。

可是他又是那种人家拜托，就无法说"不"的个性。

松田去到现场，结果团体代表的发言不出所料：

"我们是在救助动物，拯救宝贵的生命，轮不到你们来指责。"

其他成员也点头附和，一副"我们是在做好事"的面孔。

松田见状，厌烦极了。只知道喂食，却不知道清扫善后，撇开自己的离谱行径不谈，却自以为是在贡献社会，真是滑稽到家。所以他才讨厌动物保护团体。

可是看在朋友的面子上，他必须设法和平沟通。松田平静心情，询问流浪猫的绝育手术施行状况如何。

如果只怀着“流浪猫很可怜”的心态，不断地喂食，只会反过来增加更多不幸的猫。如果想要照顾当地的流浪猫，就必须尽量为它们绝育，亲人的猫就为它们寻找饲主，让它们被饲养在家中。若非如此，不幸的流浪猫绝对不会减少。只要是对动物保护有点兴趣的人，应该都知道这些理所当然的常识。

然而松田听到回答，人都呆了。

“猫被结扎太可怜了。那太不自然了！”

“那样的话，你们喂食它们不是更不自然吗?！也不帮流浪猫绝育，就喂养它们，你们到底是在想什么?！”

“人类没有权力管理动物的生命。”

松田内心大喊吃不消。

想要喂食流浪猫，可是不想为流浪猫绝育。

再继续说下去也只是浪费时间，而且根本就无法沟通，无可奈何。虽然很遗憾，但他帮不上朋友的忙。

松田这么想，正准备离开的时候，听见一句无法听而不闻的话。

“野猫有野猫的生态系统，人类要去理解才行。”

“到处放饲料，还谈什么生态系统！不要随便拿那种说辞给自己开脱！”

松田嗓门原本就大，这下更是变成了怒吼，声音响彻整个安静的住宅区。

只要碰上动物保护团体，几乎都是这种情况。

所以听到协议会的副会长是动物保护团体的代表时，松田心想：行政单位在想什么啊？

可是他对动物保护活动很有兴趣。

他身为兽医，长年从事动物医疗，已经见闻过太多的例子，深知这个国家的宠物饲养状况存在着重大问题。可是一方面从事动物医疗，另一方面却彻底和动物保护划清界限的人也不少。面对有许多社会因素盘根错节的重大动物问题，一介兽医的力量实在太渺小了。

而且动物医院的工作也绝不轻松。即使在这样的情况下勉强去做，也有可能只是徒劳一场。如果硬是去做，有可能毁了自己的生活。从某种意义上说，人会这样计算得失是很理所当然的，没有人能去责备他们。

可是，松田又想：

“身为与动物相关的专业人员之一，我是不是还是应该去面对？”

所以听到熊本市为了组织协议会，正在招募成员时，松田主动应征了。

他会在协议会成立一开始就加入，就是出于这样的想法。可是几年之间，他为了照顾生病的母亲，几乎无法挪出时间参加活动。一直到协议会成立三年后的 2005 年春天，他才因为从初代协议会会长那里接下接力棒，正式参与协议会的活动。

接下会长职务后，松田大吃一惊。

这也能称作组织吗？

最令松田目瞪口呆的是预算的管理方法。

熊本市的财政拮据，行政单位分配给协议会的活动预算，一年只有区区几万日币而已。这样连成员的交通费都付不出来。可是实际上除了举办认养活动以外，协议会也持续举办动物爱护周等各种活动。这究竟是怎么回事？一问之下才知道，交通费全部由成员自行负担，此外的活动费和办公用品的采购费，都依靠义卖活动的收入和图片展等募款来支出。

可是没有正式的文件记录可以交代款项内容。

这样子不行……

动物保护活动要做出成果，需要很长一段时间。也就是说，若是不长久坚持下去，就没有意义。协议会好不容易才开始上轨道，松田认为为了让协议会今后也持续维持下去，切实做好财务管理是绝对必要的条件。

如果有举办义卖和募款活动，就更是该如此了。万一发生了什么误会，很可能让过去的辛苦付出功亏一篑。

松田在会议中提出，建立预算管理及报告制度是当务之急。

可是官方的营运负责人松本，还有副会长西川等协议会成员却完全不觉得这事有什么要紧。不仅如此，他们反而觉得疑惑：明明过去这样一直没问题，何必现在急着改变呢？

至少看在松田眼里就是如此。

这样哪里能叫“作为一个组织，已经逐渐稳定下来”？这种东西能称作组织吗？

松田终于忍无可忍了：

“与其这样得过且过，干脆别做了！”

怒吼声充斥了整间会议室。

如果这个组织出了任何问题，他会一肩扛下所有的责任。从初代会长那里接下会长职务时，松田便这么下定决心。对这一点绝对不能有半点犹疑。万一犹疑，就没有接下会长职务的意义了。身为兽医，身为一个男人，这一点是绝不能退让的。所以如果发现暧昧之处，他实在无法置之不理。

可是松田不是那种会刻意把内心话说出口的人，所以他的想法不一定总是能正确地传达给对方。

他望向斜前方的座位。

结果和正把大大的嘴巴抿成一条直线、射出锐利眼神的松本四目相接了。坐在他旁边的松崎显然一脸不知所措。而副会长西川一动也不动，眼睛盯着桌子看。她的手放在膝上，紧握着手帕，似乎正在掉眼泪。

松田会参加协议会，是因为他想要在这里实现一个目标，也就是拯救更多的动物。所以更必须把它打造成一个健全的组织才行啊……

然而一反松田内心的热情，场内的气氛依旧凝结着。

自从那场会议以后，副会长西川的内心就一直焦躁不安。

过去三年来，她一直以为她在协议会中尽心尽力。推动义卖活动和展览会等活动企划时，她也毫不保留地提供她长年以来担任动物保护团体代表的经验和技巧。

准备或活动当天人手不足的时候，她也会询问团体成员或家人、朋友，请求协助。

在政府几乎没有提供预算的情况下，像这样得来的收益和募款成了宝贵的活动资金。

可是新的会长兽医松田才刚上任，就指出决算和报告的制度不清。实际上，有时活动动用的金额确实比预算更多，而且即使是主要成员，每个人知道的财务信息也都不同。

结果松田在会议室里发飙了：

“与其这样得过且过，干脆别做了！”

这个人知道成员们为了让这些活动持续到今天，付出了多大的努力吗?

想到这里的瞬间，泪水模糊了西川的视线。

只要领导换人，组织的方针也会跟着改变。这是无可奈何的事。但她从没想过一直以来的奋斗，居然会被那样一句话就抹杀，她伤心极了。

“今后我还能在那里待下去吗？”西川愈想愈没了自信。

“干脆别做了！”

那句话一直回荡在西川的脑中。即使想要设法转换心情，也会顿时全身虚脱无力。这是西川参加协议会的活动后，第一次碰上这种情形。

还是干脆离开好了？

这个想法掠过脑中。继续待下去还是太勉强了。就在她即将得出这样的结论时，她正好有机会带着爱犬去平常看诊的动物医院。

院长刚好是松田的老朋友。西川说出会议上发生的事，院长似乎心里有底，露出复杂的表情笑了起来。

“我没有自信再跟他一起共事了。”西川叹息说。

院长止住笑，用斩钉截铁的口气说：“既然他接下了会长的工作，你们就可以放心了。他是个很有男子气概的人，可以信任的！”

“他是那样的人吗？”

“万一出了什么事，他绝对会全力支持。那个人啊，绝对不会半途卸责，或是敷衍了事的。”

听到院长的话，西川的脑中浮现的是一个痛恨不正直，因此不管面对任何人都不会改变态度、刚正不阿的资深兽医形象。

“松田医生是个不会说谎的人，你可以放心！”

西川听着院长的话，觉得总算从持续了好几天的低迷之中解放出来。既然自己信任的兽医都说到这种地步了，那一定是真的吧。

“那么我再坚持一下好了。”西川想着，在下次的会议通知上圈选了出席。

另一方面，新会长松田在逐渐深入了解以后，也开始对副会长西川刮目相看。

松田以往接触过的动物保护团体成员，几乎可以说百分之百毫无例外，全是些怪胎。他们只是利用动物保护的名目，行攻击他人之实，净是主张对自己有利的说辞。“不管再怎么努力，永远都无法和那群人理性沟通吧。”松田经历过令他不得不如此深信的无数体验后，对动物保护团体实在是厌烦了。

可是西川不一样。她身为动物保护团体的代表，有着丰富的经历，却完全不会将观点强加于人。她的提案十分明确，说起话来条理分明，提出的点子具体可行，开朗的气质也让身边的人感到放心。

原来在动物保护团体当中，也有这么优秀的人才啊！

对松田来说，这甚至可以说是一个发现。他了解到从寻觅成员开始做起的这个组织，能够在三年左右就茁壮成长到能举办许多动物保护活动的规模，原来都是有这样的幕后功臣在活跃。

还有另一个人物也颠覆了松田的刻板印象。

那就是松本充史。

松本充史这名公务员作为协议会的负责人，主要负责汇集整理成员的意见与要求。他就像个大哥，受到不论是长者还是年轻人的许多成员的信赖。松本才三十出头，但即使对他口气严厉点，他也面不改色，这一点令人欣赏。松本很喜欢喝酒，开口大笑的爽朗气质也令人感觉亲近。

最让人觉得可靠的是，对于协议会成员所提出的意见和要求，他绝对不会说“办不到”。

“我会回去调查看看政府能够提供多少帮助。”

然后下次会议他一定会汇报结果。

虽然有时候他只能一脸歉疚地汇报，但只要听到他详细的解释，就可以了解到他为了实现成员的要求，在组织里如何努力奋斗，当然有时候也会赢得胜利。

原来熊本市的动物行政单位中有如此年轻有为的职员！

看到松本这个完全跳脱保守公务员形象的年轻人，长年在这块土地担任兽医的松田高兴极了。然后他有了确信——

只要和这些人携手合作，一定能有一番作为！

只要活用彼此的身份和长处，即使是过去认为不可能的事，是不是也能实现？在漫长的经历中，这是松田第一次对动物保护活动感到如此积极乐观。

第八回

绝对不许你把它丢下

第八話

しゃんむり置いていく
ことは絶対に認めん！

调职令下来了。

2004 年 3 月。接到调职令的消息时，松崎正吉一瞬间说不出话来。

来到这个单位后整整三年，总算开始掌握到动物保护事业的整体印象，虽然问题堆积如山，但也正渐渐地做出成果来。收容犬的生存率也提升了，过去一星期启动两次的毒气箱，现在也已经固定为一星期一次了。

就在这种时候，松崎接到了意外的人事命令。以现场主任的身份活跃的松崎，就要被调离熊本市动物爱护中心了。

公务员本来就是会调动的。可是从平均的轮调周期来看，他以为自己还可以在这里待上两年。在那之前要尽可能打好动物保护事业的基础，再交棒给后任——松崎原本是这么计划的，因此听到调动的消息时，觉得好像整个人被抛到了半空中。

但这也并非完全在意料之外，他早就隐约有预感了。

自从新所长前年春天赴任以来，松崎就一直与他起冲突。如果听从上司的方针去做，过去的努力将化为泡影。松崎因为这样想，不知不觉间开始以“所长不存在”为前提去执行每天的业务。尤其是会对动物保护事业造成伤害的指示，他可以说一直视为无物，不去遵从，以减少扑杀。

他自己也很清楚这让他成了新所长的眼中钉。虽然也有令人不快的时候，但这种情况也不全是坏事。如果大家不通力合作就糟了——单位弥漫着这样的气氛，使得职员变得更加团结，这令作为现场主任的松崎感到欣慰。

就在这时，他接到了来得太早的调职令。

松崎只觉得无比遗憾。虽然无法释然，但也只能接受。唯一让他感到救赎的是，调职的地点是他以前工作过的熊本市动植物园。

松崎离开以后，职员依然为了减少扑杀而努力。

可是组织的领导人的影响力很大。

每年持续减少的扑杀数目，在新所长上任后第二年，与前一年相比，多了四十多只。在现场工作的人非常清楚只计较数字是不对的。即使如此，看到被收容的动物数目增加，众人愈来愈不安了。

数字会不会就这样不断地增加下去？过去每年都能减少扑杀的数目，只是因为碰巧有许多人希望领养罢了。这只是许多幸运碰在一起的结果，或许今后只会渐渐地恢复原状……

愈来愈多的时候，单位被这样的不安情绪所笼罩。

就在现场主任松崎调动一年以后，新的风吹进了动物爱护中心。

2005 年春天，中间幸弘来到动物爱护中心，成为新一任所长。

对于过去五年一直在动植物园担任兽医的中间来说，新的单位简直就是另一个世界。他自以为明白动物爱护中心的工作十分严酷，然而实际接到调职令时，他忍不住心想：这下不得了了。

听说在这里工作的职员，到现在都还会被老年人咒骂为“杀狗的刽子手”。而自己将要成为那里的主管。他只觉得胸口沉重不已，心想该做的事应该多到数不清。但是他对动物保护事业又完全没有经验。

“我到底能做到多少？”

对中间来说，更令他意外的是新单位的氛围。想要救助收容的动物，但要怎么样才能实现这个目标？职员们不断地思考着。只要是有益于救助猫狗的事，他们都想试试，看能有多少成效，不拘泥往例，全力追求可能性。这里充满了不怕失败、不怕摸索的气氛。

看到职员们积极的工作态度，中间有点被吓到了。

更令他惊讶的是隶属于熊本市动物爱护促进协议会的促进员及市民。协议会刚成立时，一年只有三次例会，因为成员想做的事太多，只有三次讨论不完，现在增加为每个月至少开一次会，多的时候几乎每星期都会聚会，并持续推动各种减少扑杀的活动。

协议会的成员结束各自的正职工作后前来集合，都是在晚上 8：00。有时候讨论得太热烈，会议甚至会持续到将近半夜 12：00。可是成员不仅没有抱怨，反而完全不觉得累。那里有的是“想要做事”的热忱，想要让自己居住的城市的动物行政朝更好的方向前进。市政府的职员与市民朝着这个共同目标团结一致。

中间从来没有看过这样的单位。

身为所长，自己该怎么做？随着了解到动物爱护中心的种种积极作为，中间的干劲自然益发高昂了。

要让这些人的心意开花结果。这是自己身为所长该做的工作。当然他也听说前任所长的方针成了推动动物保护事业的障碍，他可以轻易想见这让职员和市民义工有多么受挫，还有许多业务因此停摆。

“想要拯救动物！我就整顿好环境，让职员这样的心愿可以顺利转化为行动吧！”

中间提出的方针之一，就是积极地采纳职员的意见。

身为所长，为了做出正确的判断，了解动物保护的现场是不可或缺的条件。中间出于这种想法，每天早上比任何人都更早来上班，清扫环境。职员和兽医在照顾动物时，他也在避免变成累赘的状况下参与作业。每星期一次，毒气箱启动的日子，他也一定亲自前往动物管理区。

第一次参加扑杀时，对于没有理由被杀害的动物，因为人类的自私不断悲惨丧命的现实，就连作为资深兽医的中间都无法正视。“我对不起你们”——他向无法拯救的动物们道歉，在毒气箱前合掌膜拜。

得尽快设法行动才行。一想到持续从事这种工作的职员的心情，中间不得不这么想。

亲临现场后，中间很快就发现，如何推动成犬认养是一个很重要的课题。他询问职员，得到的回答是小狗和健康年轻的狗很容易被人收养，但是到了成犬，认养率就大幅下降了。尤其是老狗和残疾生病的狗，几乎都免不了被扑杀的命运。

老狗和残疾生病的狗一旦被收容在这里，就只能等死吗？它们活下去的可能性真的完全是零吗？

中间感到疑惑，他调查了一下长野县动物爱护中心及爱媛县动物爱护中心的状况。这两处行政机关以最早推动成犬认养而闻名。被饲主弃养的老狗和生病的狗，就没有活下去的选项吗？他详细询问过去的认养例子，发现了一件事——

虽然为数不多，但可能性绝不是零。

希望领养动物的人，也有些就是想要收养老狗和生病的狗，好让它们安享天年。

听到这些例子，中间有了确信——要拯救一只狗，不需要许多领养者。只要有一个“我想要养这只狗”的人就够了。

可是那样的人并不像想要领养小狗和年轻狗的饲主一样，会经常出现。不过如果时间宽裕一些，状况应该就能有所改变。最重要的问题果然还是时间。现在因为时间有限，失去了许多机会。但是如果能够延长收容天数，即使是条件再差的动物，应该也能有更多生路。

当上所长一年后，2006 年春天，中间做出了一个重大决定。

追寻让所有成犬被认养的可能性吧！

中间发表这个新方针时，瞬间所有职员都沉默了。他们一时无法想象这样的方针会给现场带来什么样的变化。

如果可以拯救这些狗，那该有多好！

每次执行扑杀时，包括兽医松本充史在内的所有职员都在心里不断这么默念。可是任谁来看，就目前这种状况，要拯救收容在爱护中心里所有的狗，实际上都是不可能的事。

当然，中间也非常清楚这一点。

“找到新主人的概率，每只动物依自身条件而不同。可是即使条件不好，也不能说就完全没希望被领养。所以每一只被收容的狗，早晚都有被收养的可能。我希望各位今后以这样的前提去照顾动物。”

中间的方针，意味着从根本上改变职员的工作。

松本来到这里，到今年春天就是第六年了。他已经习惯一有狗被收容到中心，就自然地去预期它的下场。

没有项圈，但很亲人，应该是家犬。可是如果饲主没有来领回，它大概活不了多久。即使有项圈，他也会依狗的健康状态和被收容时的情况，不经意地去估计饲主现身的概率。虽然有时候结果与猜测大相径庭，令他松一口气，但几乎很少落空。

他总是在思考眼前动物的死期，然后给它们撑到那时的食物和水。这看似矛盾，却是这个单位的日常。

可是从今往后，心态将完全颠倒过来。

这里的动物总有一天会去到新主人身边。即使看似年老体衰，或拖着重病之躯，在漫长的流浪生涯中遍体鳞伤，但眼前的动物现在毫无疑问是活着的，所以要照顾好它们。照顾它们，让它们继续活下去，这样一来，它们的生命获得拯救的机会也会更多。

可是收容动物的空间有限，这一点依旧不变。

如果收容数目增加，就必须执行扑杀。究竟要怎么做才能避免这种状况？中间想到的是彻底减少不负责任的饲主送来的猫狗数目。

劝说饲主的工作，过去几年以来，一直都由现场主任松崎和能言善道的松本来执行。松崎调职以后，新来的兽医久木田宪司和年轻的兽医德岛崇弘加入了劝说阵容。

大多数情况下，把猫狗送来的饲主都只想快点摆脱麻烦。即使问他们为何要把宠物送来，也几乎没人说得出可以让人信服的理由。这些人很难理性沟通，被激动的饲主吼叫、咒骂也是家常便饭了。有时候他们粗暴的言辞和态度会把职员吓坏。

想要不屈于这些威胁，持续劝说，需要莫大的精力、耐力和勇气。有时候也会抵挡不了饲主凶狠的模样，收下他们硬是抛下的动物。

在这样的状况下，中间提出了明确的方针。

“从今以后，绝对不允许饲主硬是丢下宠物！要彻底让他们明白饲主的责任有多重大，即使因此被市民讨厌，也是没办法的事。一切责任由我来扛，请大家不要退缩！”

中间为了强化服务台业务，规定有饲主送宠物来的时候，全部由兽医来应对。因为具备专门知识，劝说时才能占据优势，而且对于真正不知道该怎么办的饲主，也可以提供需要的信息和建议，让他们继续饲养下去。

可是劝说饲主时，必须注意不能一对一地应对。即使不发言，只要有两三个职员在场，现场的气氛就会不同。像这样得到了组织的后援之后，兽医能够比以往更加坚定地进行劝说。

“公家机关那是什么态度?!”

开始执行中间的方针以后，动物爱护中心收到的申诉暴增了。这天一早，把宠物送来的男子的骂声就响彻了整间办公室。

出来应对的是松本。他坚决的态度没有因为男人的吼叫而退缩，但是对方那自私自利的说辞实在令他有些吃不消。男子无视松本，不断发泄不满。

“上次可以，为什么这次不行？莫名其妙！”

看来这个人是累犯了。一时兴起便养狗，厌倦了就塞给行政单位处理，是不负责任的饲主的典型。难过的情绪益发在松本的心中扩散。他按捺住随时都要爆发怒吼的情绪，努力冷静地开口：

“我们并没有说不可以，只是在请教为什么不能养了？”

“我不是说过很多次了，这只狗根本不会看门！”

“这个理由我不懂。决定要养它的是你自己，因为觉得可爱，所以一直照顾它到现在，然而为什么只用它不会看门这种理由，就把它送来这里？”

“我要把我的狗怎么样，轮得到你们干涉吗？难不成这里的职员连动物保护法第三十五条都不晓得吗?!”

这一瞬间，松本感到嘴角因为愤怒而抽搐起来。

第二回已经提过，第三十五条的条文内容为“当所有人要求收容其所有之犬只或猫只时，都道府县等责任单位不得拒绝”。就是因为有这条法令，行政机构才会收留饲主送来的动物。可是另一方面，动物爱护管理法也提到饲主的责任。第七条规定，饲主必须依据动物的种类和习性，适切地饲养。

彻底劝说饲主的方针，就是站在应该优先遵守第七条的解释来执行的。可是既然这是行政公务，也不能忽略了第三十五条。中心想到的对策是，劝说时不使用“我们不收”这样的词句。即使如此，如果中心想要贯彻拒收的态度，就会有饲主搬出第三十五条。

“难不成公家机关要带头违法？”

男子可能自以为请出了尚方宝剑，得意扬扬地把手肘倚在服务台上说。

“连饲主的责任都不肯尽，还胆敢在那里说什么第三十五条！”

松本勉强吞下来到喉边的话，不是反驳饲主，而是望向坐在这个无良饲主身边的米白色的狗。

可能是很紧张吧，狗圆睁着漆黑的眼睛，不安地歪着头。即使如此，它一和松本对望，就稍微松开了眉头，尾巴慢慢地晃了一下，竖起的耳朵也微微地往后倒。男子说它不会看门，这话应该是真的。这是只个性温驯的中型混种狗。

既然曾经把狗送过来这里，男子不可能不知道被中心收留的狗会有什么下场。这个人难道就不疼爱自己的狗吗？

他真的觉得狗死了也无所谓吗？松本感到不可思议极了。

“你就这么痛恨这条狗吗？”

“什么？”男子一副不懂他在说什么的表情。

“送进这里的狗只有死路一条。我是在问你，你就这么痛恨这条狗，痛恨到希望它被扑杀吗？”

松本魄力十足的语气，让男子一瞬间似乎被压倒了。可是下一瞬间，他回过神似的怒骂起来：

“少在那里啰唆，快点给我收下！我忙得很，没时间跟你这个不懂法律的职员瞎扯！”

“我们绝对不收！”

“……你说什么?!”

男子原本就激动万分，这下脸更是涨得通红了。

终于说出了禁句。这一瞬间，松本隐约心想糟了，但既然到了这步田地，他也不打算让步了。

“照顾宠物一辈子，是饲主的义务！你连这点义务都尽不到，我们绝对不收！”

“没看过这么扯的公家单位！那这条狗要怎么办？随便抓去丢掉吗？公家机关鼓励民众这么做是吗？你们不收，我就抓去丢掉！”

松本没有被激怒的男子吓到，仍然坚持拒收。

“负起责任照顾它！”“我要抓去丢掉！”“不许你这

么做！”“我要向市长申诉你们态度恶劣！”“要申诉请便，可是你一定要照顾好动物！”

两边叫骂了一阵子，男子似乎发现这样下去没完没了，便用力拉扯狗绳，撂下话来：“这狗怎么办？我一定要抓去丢掉！”然后离开了。

男子离开后过了好半晌，松本深深地叹了一口气。

虽然是拒收了，但劝说任务显然也一塌糊涂。可是对于那名男子，究竟还能再说什么？要怎么对他说，才能纠正他饲养的心态？松本完全没有想到狗会被丢弃的可能性。如果狗真的被弃养了，自己的劝说等于造成了反效果。

另外他也想过与其跟在那种差劲的饲主身边，被弃养之后收容到这个中心，或许还比较幸福。那只狗个性温和，外表也很有吸引力，一定可以找到想要饲养它的人，一辈子受到呵护吧！

把动物送来动物爱护中心的饲主，大部分都跟那个男人差不多。而实际上如果饲主对待动物的方式太残忍，中心也会暂时放下信条，予以收留。

有个饲主带来一只两岁的大型犬，说他不要这只狗了，还说别说是散步，连喂它吃饭、喝水都嫌麻烦。因为要花钱，也从来没有带它去看过医生。“既然如此，当初为什么要养狗？”职员这么问。

饲主满不在乎地回答：“小的时候很乖、很可爱呀，可是长大以后就变得坏死了！”

从饲主说话的口气来看，可以得知他过去也弃养过几次宠物狗。听到这话，所长中间做出了决定。

“你要保证从今以后绝对不再养动物！”

总是态度温和的中间突然毅然决然地提出条件，似乎让饲主有些吃惊，但他还是做出保证，留下狗回去了。

突然被主人抛下，狗有些惊慌失措。可是职员喂它吃点心、喝水，它便开心地吃喝起来。

中间抚摸它的脖子和背部，狗高兴地依偎上来。

“跟在那种狠心的主人身边，亏你还能长得这么健康可爱。放心吧，我一定帮你找到更好的主人！”

虽然与不接受饲主送来宠物的基本方针相矛盾，但这也是救助动物的方法之一，对此当然没有一个职员有异议。 如果要随机应变，追求最好的做法，自然会出现矛盾。可是只要坚持最终目标，就不可能弄错大方向。所长亲自做出随机应变的示范，让职员可以更自由地发挥。

对于不负责任的饲主来说，熊本市动物爱护中心成了最令人恼火的行政单位。如果把动物送去那里，就会被职员团团围攻，劝说："你那种说法根本算不上不能养的理由。""你就不爱你的宠物吗？""你得更妥善地照顾好宠物才行。"

由于中心的努力，饲主送来的宠物数目大幅减少了。

第九回

必须为狗提供更好的生活环境

第九話

犬には、もっとよか環境ば与えんと

尽量不要扑杀现在收容的狗吧。

由于新导入的方针，动物管理区的收容状况更加艰难了。

由于非到不得已不扑杀，犬舍总是维持在爆满状态。平时收容六至七只狗的空间，现在收容了近十只狗，总共有近五十只狗塞在那儿。在过度密集的状态下，狗总是躁动不安。动物管理区时时刻刻都传出激烈的吠叫声，狗打架的情形也一再发生。

目睹现场的这种状况，两名男子皱起了眉头。

“这已经到了极限了。”

“就是啊，这太惨了！”

压低了声音彼此对话的是冈崎浩久与栉岛孝两人。他们是在 2006 年 4 月新增加的两名业务职员。

冈崎过去是在供餐中心工作，五十多岁。在熊本市动物爱护中心，他的头衔是作业长，但其实这是他第一次从事接触动物的工作。老实说，他很怕狗。自从小时候被狗咬以来，他连看到小狗都会腿软。

可是就连这样的冈崎，看到动物爱护中心的狗的待遇，也不禁大为震惊。最令他惊讶的是动物管理区的卫生状态。在他的上一个单位，彻底清扫和消毒是理所当然的事，因此他已经有了落差一定很大的心理准备，但眼前的惨状实在是远远超出了他的想象。

一走进动物管理区，一股混合了排泄物、动物骚味、腐败臭味的异样恶臭就直冲鼻腔。虽然每天都进行清扫，但地上挤满了狗，实在没办法仔细清洗每一个角落。即使使用消毒水，也有根本没有清扫到的地方，而且沾在狗身上的污垢也依然存在，所以无法完全去除恶臭。

这种状态，可以说是好好照顾动物了吗？

可是他没办法轻易提出这样的疑问。冈崎调来以前，在这里工作的业务职员有两名，约聘职员有两名，此外还有兽医，但现场工作的人数实在有限。要管理近五十只的狗和几十只的猫，这已经是最好的状态了。

他可以理解公务员的极限。可是要他就这样接受这个状况，他实在无法忍受。

同时调来中心的栉岛也同意冈崎的意见。

栉岛今年三十五岁，过去负责维修管理动植物园里的游乐器材。他个子挺拔，颈脖粗壮，肩膀和手臂肌肉发达，体形孔武有力。魄力十足的样貌宛如格斗家，令人印象深刻。他个性静默寡言，可是只要与他谈过，就可以了解到他豁达不矫饰的人品。他看到冈崎被激动的狗吓住，便会若无其事地伸出援手，提点他：“这样做就行了。”他对狗有着广泛的了解，才刚调来，就在现场受到众人倚重。

动物爱护中心现在仍是众人避之唯恐不及的行政单位第一名。可是栉岛当上公务员以后，就一直希望有一天能到动物爱护中心工作。

栉岛自出生以来，就成长在许多狗的围绕之中。他家里经营繁殖场，从幼儿园的时候开始，就帮忙祖父和父母照顾狗。开始上学以后，晨昏带狗散步，周末和长假帮忙家里工作，就成了他生活中理所当然的一部分。栉岛家主要繁殖杜宾犬等大型犬，因此能让狗满足的运动量非比寻常，而且照顾动物是没法休假的。要兼顾狗、课业还有社团活动虽然辛苦，但他从来不以为苦。因为栉岛最爱狗了。

透过给家里帮忙，他学到对狗而言，比什么都更优先的必须是维持健康的生活，并且对狗付出充分的感情。不管血统再怎么优秀的狗，如果疏于提供这两样东西，就无法让狗发挥原本的魅力。狗是为了与人类共同生活，经过长年累月改良的动物，不只有纯种的狗才是如此。只要人类真心、用心与其相处，狗就一定能够理解。栉岛认为狗就是这样的动物。

被收容在动物爱护中心的狗，全是被人类社会排除的狗。每次想到它们绝大部分都会被扑杀的现实，想要去现场看看的念头就愈加强烈。他没有明确想过自己能在那里做什么。即使如此，想要照顾遭到饲主抛弃的狗的心情还是不曾动摇。每次一有机会，他就会提出调职申请。

这次调职，他总算实现了心愿。

虽然已经有了心理准备，但是初次见到的动物行政现场对栉岛来说全是震撼。

“怎么会有这种狗？全都又脏又臭！”

他第一眼看到的，是被收容的狗毛色暗淡的瘦弱模样。他马上就发现原因何在了。它们吃的饲料，是市售品牌中最便宜、营养最不均衡的一种。

由于收容数量很多，没办法分别用容器喂食。职员把饲料直接撒在肮脏的地板上，然后狗一拥而上。强壮的狗有得吃，但没体力的狗和小型犬就会被挤到旁边去，连质量低劣的饲料都没法吃上几口。到处发生食物争夺战，也有些狗每次吃饭，身上就要多出许多伤口。

这种状态能叫作照顾吗?

由于栉岛有同时照顾许多狗的经验，这种情景更是叫他难以忍受。动物爱护中心为了减少扑杀，从几年以前就一直在努力。正因为听到这种传闻，心生期待，他更加有种正视到现实残酷的心情。

“必须为狗提供更好的生活环境。”栉岛说。冈崎也点头同意。

“希望他们能在这里过得更舒服一点。”

“可是我们这些新人不好说什么吧……”

两人叹息。这里有这里的做法。冈崎和栉岛这么想，有段时间只是默默地执行自己被分派的工作。可是过了一个月，他们终于忍无可忍了。

总之来做现场能做的事吧！两人商量之后，决定先把易起冲突的狗分别隔离在不同的犬舍。同时他们依性别、体形、个性、年龄及健康状况，思考关系良好的组合。

光是这样，狗群之间打架的情况就减少了许多。可是冈崎和栉岛并没有就这样满足了。为了确保多数的狗的安全，必须对它们的行动范围做出一定的限制。

“要掌握它们健康状态和个性，个别管理是最好的。”

“给每只狗戴上项圈和狗链怎么样？”

他们立刻检查用具室，结果保管箱里只有老旧的项圈、肮脏的狗绳和生锈的铁链而已。这些应该是过去收容在这个中心的狗身上的东西吧。而这些物品原本的主人——狗，已经不在世上了。

冈崎和栉岛默默地拿起项圈和牵绳。

很多金属零件损坏，皮革或尼龙破损，几乎断裂，能够立刻派上用场的东西寥寥无几。

两人挑出可以修理的用品，用大卖场买来的零件修补。要用有限的预算做事，就只能不怕麻烦，运用巧思了。就这样，项圈和狗绳渐渐备齐了。

在犬舍的水泥墙上装设钉子系狗绳的工作，也由他们亲自动手。钉子必须够牢固，即使大型犬拉扯也不会松脱。而这些工作，过去负责维修游乐器材的栉岛做起来是驾轻就熟。

在犬舍里系上狗绳后，狗就可以确保自己的地盘了。其实冈崎和栉岛想要给狗更大的空间，可是目前这已经是他们能够做到的极限了。

即使如此，相较于之前，狗的表情还是显得平静了许多。只要被狗绳固定住，就不会突然被其他的狗找碴儿，或是突然被卷入上下关系之争。

另一个好处是可以个别确认排泄物的状态。如此一来，就容易进行健康管理，需要治疗时，可以立刻联络兽医。

能够安心休息睡觉，狗的心情也变得放松许多了。

它们开始展现出原本的性情：有的狗一开始怕得直吼人，但其实是喜欢人类的撒娇鬼；或一开始被认为性格凶悍的狗，与经常起冲突的狗隔离后，不管是对人还是对狗都变得友善许多；也有些狗刚被收容时，害怕得萎靡不振，但是熟悉职员以后，便开始发挥出原本活泼调皮的个性。

像这样了解到每一只狗的个性，就更觉得狗可爱极了。原本怕狗的冈崎也在不知不觉间敢毫不犹豫地摸狗了。所以更不能就此满足——两人这样的心情与日俱增。

调来之后约半年，两人一点一滴地改善动物管理区的环境。我们做的是正确的——冈崎和栉岛看着狗的状态，更加如此深信，决心要多踏出一步，挑战新的计划。

“所长，我们有事想要商量。”

一天早上。

冈崎由于工作态度认真，已经在中心受到另眼相待，但他很害羞，不喜欢引人注目。他平日话也不多，所以在谈话圈子里也不起眼。可是他这人非常讨厌不正当的事。熊本方言里有个词叫“肥后（熊本）顽固汉”，冈崎完全就是此种人的典型。

冈崎说他想以作业长的身份商量一些事。要出现新改变了——中间幸弘如此察觉，等他继续说下去。

“我想要改变照顾狗的方法。”

“你说要改变，具体内容是什么？”中间问道。

冈崎慎选措辞地开始说明：

“首先，我想让狗晒晒太阳。为了健康着想，晒太阳是必要的。我想在白天把狗放出犬舍，用狗绳系在那边的扶手上。”

冈崎指着办公室的窗户说，那个方向可以看见管理区正面的坡道。坡道宽五米，长约二十米，两侧有铁扶手。可是收容犬有将近五十只，那里的空间实在不够。冈崎打算考虑狗的个性和彼此的契合度，同时利用管理区旁边和后方的空间。

要让狗外出，早上是最好的。系上狗绳，一只只带出去。在户外清洁的地方喂食。除了下雨天和酷暑的日子，白天让狗在日照良好的地方度过，然后到了傍晚，再一只只带回犬舍的固定位置系好。冈崎说明作业步骤，并提出可以进行个别的健康管理，以及可以彻底清扫犬舍等好处。

“我希望狗待在这里的时候，可以尽量过得幸福舒适。只要是能做的，不管什么事，我都想为它们做。”

听着冈崎的说明，中间把一开始浮现心头的疑问完全打消了。工作量会比现在多出好几倍，没问题吗？可是中间发现这是一个笨问题。

开口提出要大幅改变长年以来的犬只照顾方法，应该需要莫大的决心。而决心的原动力，完全是想让狗过得更舒适的心意。中间看出冈崎从春天调来以后就一边搜集各种资料，一边不断地酝酿计划至今。

如果能够改善照料环境，狗的身心状态都能变得更加健康。这么一来，被认养的机会一定也会增加。

熊本市动物爱护中心现在正要从管理场所转变为真正意义的保护场所。中间这么感觉，开口说了：

“冈崎，这会是一份辛苦的差事，不过就交给你办了。只要是为了动物好，需要什么协助，都尽管开口。”

“那么可以更换饲料吗？”

“饲料有什么问题吗？”

“为了狗的健康，必须给它们吃更好一点的饲料。”

中间闻言，立刻允许依现场判断订购狗食。

栉岛立刻进行挑选，他购入的狗食在市售的品牌当中也是最高级的一种。这个品牌的狗食标榜能配合狗龄、体格和身体状况挑选，在有良心的繁殖专业人士中也颇受好评。过去使用的狗食是十公斤七百日币，而新的狗食五公斤就要一千八百日币，大约有高达五倍的价差。虽然明白预算有限，但为了狗的健康着想，这一点绝不能退让。

健康方面没有问题的狗，饲料的质量很快就反映在身体状况上了。原本粗糙干燥的体毛开始变得柔顺亮丽，原本干瘦的腰部也开始长出肌肉，整个体态变得结实均匀。

而最能提升狗的健康状态的，是在太阳底下度过的时间。

熊本的 10 月虽然还留有一点夏季的艳阳，但是从阿苏山麓吹来的风十分干爽宜人。沿着动物管理区前的坡道排列的狗吃完饭后，都舒服地趴下来休息。

空掉的动物管理区也因此能够彻底地进行清扫了。以前让狗待在里面的时候，有些地方顶多拿水管喷喷水就算了，但现在可以用刷子沾上有强力消毒效果的洗洁剂，彻底刷洗地板。擦洗过犬舍的角落和铁栅栏、围栏等小地方后，再确实地用水冲洗干净，彻底冲掉清洁剂。

清扫之后把门窗打开，低湿度的风吹过整个动物管理区内部，几个小时后就完全干燥了。

外面的狗也是，如果有特别脏的狗，就趁着白天洗一洗。

就这样，管理区里的卫生状态大幅提升了。不用多久，长年累月积存下来的恶臭完全消失无踪。刷洗得一干二净的地板，清洁得让人可以毫不犹豫地直接坐下去。职员们重新体认到只要彻底管理，即使是老旧的设施，也能给动物一个舒适的空间。

狗打发白天时间的方法各有特色。

老狗和个性优哉的狗会望着周围的狗和景色，不知不觉打起盹来。社交型的狗只要看到职员经过，就会用声音、视线和动作邀他们一起玩。要忽视好奇心旺盛的狗的招呼实在很困难，职员们会一一向狗打招呼，摸摸它们的头或肚子。在如此亲和的氛围中，刚被收容时惊恐万分的狗也渐渐地融入了中心的环境。

同样一只狗，隔着栅栏看，和系上狗绳带到外头互动，给人的印象也大不相同。看到陌生人和动物就要叫，这是作为一只狗理所当然的习性，但其中也有些狗会反应过度。许多狗都是待在犬舍的栅栏等隔绝的空间时反应特别激烈，让人觉得无法轻易触碰。

然而这种狗只要带到外面，有时会意外地变成黏人精。虽然也会叫上几声，但只要有人注意，就会开心地摇尾巴；人一靠近就把身体挨过来，或是抬起前脚自我介绍，从而可以了解到它们一点攻击性也没有。

在犬舍外头照顾狗的时间变长后，逐渐地便清楚看出以前不了解的狗的个性。这对冈崎、栉岛和其他职员来说，也是个崭新的发现。

“这只狗会害怕吵闹的声音，适合可以把它饲养在安静环境的人。”

“这只狗个性开朗，可是精力有点太旺盛了，最好给知道怎么管教狗的人饲养。”

“这只狗虽然有点年纪了，可是很喜欢玩耍，就算家里有小孩也没问题。”

了解到狗的性情与喜好后，职员对它们也益发疼爱了。过去的气氛是只要有人愿意领养就谢天谢地了，可是现在职员不知不觉间会一边想象适合的收养条件，一边与候补饲主交涉。

变化更大的是午休的情景。

栉岛匆匆用完午餐后，走到动物管理区后面。有一只肌肉发达的大型混种犬被绑在离其他狗有点远的地方。狗察觉到人的气息，叫了几声，发现来人是栉岛，便不再紧张，摇了几下尾巴。

这只狗是在一星期前被主人送来中心的。

“它很凶，会咬人。我没有办法把这么危险的狗放在家里。”

这是饲主的说辞，但实际上凶猛的狗难得一见。绝大多数的例子都是狗在惊恐之余咬了人。问题不在狗，而是出在完全不了解狗的心理的饲主上。

有人把狗送来时，职员通常也会针对狗的管教方式、相处方式提出建议，说服饲主继续饲养。可是也有一些例子让人感觉即使让狗继续待在饲主身边，也绝对得不到幸福，甚至还有可能引发严重的事故。这种情况下，中心就会收留动物。

这只狗就是像这样被中心收容的。

饲主离开中心后，狗的警戒心变得更强了。它绝对不肯正视职员，却集中全副神经，侦查任何一点风吹草动，全身散发出一触即发的紧张感。如果想要靠近，它就龇牙咧嘴，低吼起来，显然无法随意触碰。

吸引栉岛的，就是这种一看就“很难搞”的狗。

他解下链子，换上狗绳，带着狗在中心园地里散步。不愧是大型犬，力量十足。每当狗拉扯狗绳想要转换方向，栉岛粗壮的手臂肌肉就高高隆起。即使如此，与前几天想要随意冲撞的状况相比，还是有了变化。狗渐渐平静下来以后，开始愿意抬头看人了。栉岛平常不太嬉笑，但见状忍不住跟着眯起眼睛微笑。

听说这只狗大约两岁。

这只狗在与人类的相处中，可能从来没有感受过安心与信任吧。如果跟在一个负责任的饲主身边，这是狗可以理所当然享受到的幸福。但这只狗因为缺乏那样的体验，不知道该如何与人类沟通，结果引发了咬人事故，被当成瘟神看待。一想到它的末路只剩下扑杀，栉岛愈想就愈觉得可怜。

至少希望它来到这个中心以后，能过得舒适幸福一些。虽然有个体差异，但狗是一种会在与人类的交流中感受到喜悦的生物。只要多得到一点以前无法有过的经验，它应该可以变成一只能被社会接纳的狗。栉岛怀着这样的想法，开始利用午休等时间对狗进行社会化训练。

系上牵绳散步一会儿后，在园内的树荫下休息。栉岛在水泥地坐下，狗便跟着坐到旁边，把腰部一带贴在栉岛盘腿的膝盖上。把身体的一部分贴上来，是狗开始信任对方的信号。

这家伙意外地爱撒娇嘛。

栉岛抚摸狗的背部和胸口，没多久，它便从坐着的姿势侧翻过来。知道它刚被收容时是什么模样的职员都对它的变化大感惊讶。

“它看起来好舒服。你是怎么训练的？”

“也没做什么呀。”

栉岛真的不认为自己做了什么特别的事。硬要说的话，顶多就是尽量多花时间陪伴它而已。跟自己在一起的时候，它什么事都不必担心，也不必害怕。他怀着这样的心愿去和狗相处。

狗在栉岛的陪伴下确实改变了。

过去人类对它来说完全是刺激与攻击的对象，但是不知不觉间，它开始会去注意栉岛的反应。如果它露出开心的表情和动作，就表明它开始发挥专注力。这么一来，就可以加入配合人类步调行走的练习。

这种狗不是任何人都可以养的。

从小就与几十只狗相处至今的栉岛这么感觉。可是他想要寻找可能性。只要能够抹去它对人类的不信任，或许它也有机会在了解它的个性并恰当地管教它的饲主身边得到幸福。

栉岛的影响力非常大。

其他的职员也开始利用午休和工作空档为狗系上牵绳进行步行训练，或是坐下、等待等基本训练。即使是没有什么训练狗的经验的职员，每天看到专业人士的做法，也可以掌握大致的诀窍。如果碰到不懂的地方，也可以立刻询问，所以不必担心因为持续错误的训练而伤害到狗。

自从把狗放出犬舍以后，现场的工作量变成过去的好几倍。

从系上狗绳把狗移动到户外的早晨作业开始，需要分别为每只狗提供食物和水，为了维持狗的健康以及与人类的交流，必须为狗梳毛，还要陪它们玩球及散步，进行管教训练，等等，一天一眨眼就过去了。然后到了傍晚，再一只只牵回犬舍系好。职员几乎没有时间坐下来休息。考虑到工作效率，这或许可以说是违反时代潮流，可是如果为了动物着想，没有一样是可以省略的。

以前也有职员会抱怨工作大幅增加，可是这种类型的职员不知不觉都调去其他单位了。不想要杀害狗。即使只有一只也好，如果有更多的狗能找到新主人，就可以减少扑杀。只要能达成这个目标，什么努力都愿意付出。这是在这里工作的每一个职员的共识，也是他们认为的常识。

现在没有一个人反对为狗付出。

这个单位太棒了！

栉岛认为自己的选择果然没有错。

熊本县内主要有两个动物行政机构：熊本市动物爱护中心负责接受熊本市民的咨询以及收容市内捕获的动物；而熊本县动物管理中心统辖熊本市以外各地保健所的动物业务。由于幅员广大，处理的动物数目也多。虽然无法单纯拿来与熊本市做比较，但两者的落差之大还是令人惊愕不已。

被收容在县的管理中心的狗，收容之后第四天就被送进毒气箱了。在那里，不管是幼犬还是成犬全部一视同仁。饲主送来的狗，原则上当天就扑杀。2006年的时候，县管理中心的扑杀率在全国排进前五。

县与市这两个动物行政机构的差距竟如此之大，原因何在？

原来动物行政的现场是根据《动物爱护管理法》及《狂犬病预防法》两种法律来执行业务的。但两部法律的条文之间有着许多矛盾与灰色地带，因此解释起来相当复杂，而且这些条文要怎么判断，都交给各行政单位自行决定。

比方说，收容走失犬时，必须公开信息，让饲主知道行政单位收容了狗。内容是“在什么地区收容了什么样的狗”，过去顶多就贴在保健所的公告栏上，但现在大部分都透过行政单位的网站发布消息。公布期限，法律规定为两天，公布期满后，再宽限一天等待饲主联络。这个部分，全国每一个机构都一样。

可是接下来的做法，每个地方行政单位不尽相同。有些地方在期限过后，会让收容动物成为认养对象，为它们寻找新主人，也有些地方会立刻就把动物送进毒气箱。两种做法的差异源自对两部法律解释的不同，两种做法在法律上都没有问题。也就是是死是活，全看动物行政现场怎么判断。

尽管如此，对于宠物，主管《动物爱护管理法》的环境省已经提出了从扑杀转换成收容保护的方针。环境省指出随意饲养动物是造成弃养的原因，必须彻底教育饲主一旦饲养动物，就要照顾终生；并且打出目标，让行政机构的猫狗处理数量减半。环境省通过正式文书——《全面推动动物保护及管理之施策的基本指南》通知各单位。

可是动物行政现场的状况却几乎没有任何改变。

环境省只是打出目标，其余全部交由现场判断，这样根本无法减少扑杀。可是要修正法律实在太耗时间了。难道就没有可以在现行法律之下拯救动物的方法吗?

2006 年 12 月 19 日，国会议员在国会针对动物保护问题提出质询，并在隔年4月10日于国会提出了第二次质询。

首先受到质询的是《狂犬病预防法》中使用的“处置”一词。该法第六条第九项中提到，所有人未前来领回收容犬只时，预防员“得予以处置”。许多狗被送进毒气箱的原因之一，就在于这个条文。

听到“处置”，大部分人都会想到“宰杀”。实际上过去许多行政机构就是把“处置”当成“宰杀”来理解，才会认为这是法律决定的业务，让第一线职员一直承受着惨无人道的工作。

可实际上并不是这样的。“处置”在广义上意味着使其离开机构。交给新主人领养，也是处置收容动物的方法之一。而这一点现在在国会上获得承认了。

想要设法改变日本许多猫狗遭到杀害的现状。

为了停止扑杀，让行政中心从屠杀转变为保护，可以在短时间内改变现况的方法，不是去改变法律，而是去改变对法律的解释。

在解释《狂犬病预防法》的同时，也要检视《动物爱护管理法》的内容，删除会让人把“处置”误会成“宰杀”的文字。

这场国会质询后约三个星期，2007年5月1日，厚生劳动省颁布了《有关基于狂犬病预防法执行之动物拘留等业务》。这是关于《狂犬病预防法》及《动物爱护管理法》的整理及公告。主要有五个项目：

① 出生九十日以内的犬只，不在《狂犬病预防法》的拘留对象内。

② 收容犬的公告目的为通知饲主领回，并不妨碍延长处置前的收容期限。

③ 拘留犬的处置方式不限于宰杀，若适合作为家庭宠物或展示动物，亦可予其生存机会。

④ 为将拘留犬返还饲主，应积极利用市町村的网站。

⑤ 应广泛举办推广及启发活动，以宣传宠物登记、预防注射和适当饲养的重要性。

这里提到的，全是熊本市动物爱护中心从好几年以前就一直持续在做的事，对在那里工作的人而言，这些都是理所当然的事。

而他们的做法，现在终于获得国家的认同了。

第十回

先别扑杀这只狗吧

第十話

こん犬の処分は
やめましょう

没想到会有让狗在这里睡午觉的一天……

松本充史为老狗和病狗看诊完毕后离开处置室，在动物管理区的通道停下脚步。水泥墙上每隔三米便设置一个坚固的钩子，分别系着中型犬和大型犬。

其中一只是昨天才刚来到中心的。

昨天早上有市民来电通报，说附近有只浑身湿答答的狗在游荡。前天傍晚到深夜，熊本市下了一场猛烈的雷雨。很多狗都害怕雷声，有时候会因为惊吓而陷入恐慌，挣脱项圈或狗绳，就这样四处奔窜，结果找不到回家的路了。突如其来的恶劣气候之后，会有不少狗像这样被收容。

被带到动物爱护中心时，这只狗因为不安和恐惧而抖个不停。可是今早吃了狗食，移动到安静的地方以后，它似乎稍微平静下来了。现在它正把鼻尖埋在职员为它铺的浴巾里，安睡着发出鼾声。

在它旁边打盹的是两星期前被收容的狗。这只用后脚搔着脖子、瞥着松本的狗，已经在这里住了快三个月了吧。刚收容的时候对人还有点戒心，但现在已经完全跟职员混熟了。

狗休息的通道两端有细细的轨道。

前方就是毒气箱。

在过去，沿着轨道推动犬舍的隔墙，是这里的职员非常重要的工作之一。装置虽然是自动式的，但由于设施相当老旧，为了使作业顺畅地进行，需要职员动手用棒子从可动式隔墙的小窗伸进去驱赶狗，以免狗被沿着轨道移动的隔墙与犬舍的墙壁之间的缝隙夹到。这种驱赶的工作，让刚调来的每一个职员见识到了动物行政严酷的现实。

可是这些作业也已经成为过去式了。

毒气箱自 2005 年底开始，已经超过一年没有使用，再次启动是 2007 年 1 月的事。当时有好几只狗同时感染了严重的传染病，为了不使疫情扩散，必须迅速应对，扑杀是出于这种特殊的原因。

从那之后，毒气箱就一次也没有启动过。

过去对狗来说，这是一条单行道，然而现在它被当成收容空间来使用。设置在管理区后方的二氧化碳泵预计很快就会被拆除了。

收容动物的生存率不断上升。

松本调到这个单位的 2001 年，能够活着离开犬舍的狗，不到全体的百分之三十。为了设法改善这种状况，中心开始采行种种措施，使得被拯救的动物数目慢慢增加了。有段时期领养数目虽然停滞不前，但明确地打出要尽可能救助所有收容动物的方针以后，保护事业再次热络起来，结果2006年狗的生存率上升到近百分之七十七。

该年的领养数目将近三百只。这是由于成犬被新主人领养的案例增加了。中心主办的领养活动也渐渐地在当地打开知名度，来自熊本市专属网站的询问数量也增加了。可是光靠这些，要找到新饲主还是很困难。其实这背后还有个新的援助者。

可以在报纸的信息栏上刊登狗的领养广告吗?

这是由于个人义工中川希充子的提案而展开的计划。当地报纸《熊本日日新闻》有个信息栏叫《熊日城市信息栏》，只要支付广告费，任何人都可以在上面刊登讯息，比方说商店宣传、活动告知、招募社团成员等。就是要利用这个空间，来刊登狗寻找新主人的广告。

为了找到更多的领养人，宣传是不可或缺的。职员也非常清楚这一点，可是他们从来没有想过可以利用既有的媒体广为宣传，况且预算方面也十分困难。

中川是在2005年2月左右第一次拜访熊本市动物爱护中心的。从此以后，她便持续担任中途家庭义工（将收容所的犬只领回照顾和暂时安置），为许多狗寻找认养人。有时候几天就找到新主人了，但有时狗会在她那里待上好几个月，无人领养。她曾经同时照顾近十只小狗，因此也有些职员担心这会不会超过她个人所能负担的极限。

中川认为要救助更多的动物，可以在报上刊登领养广告。她提议狗的所有权归中心，而刊登广告的手续和费用由她来负责。兽医替她把这个点子转达给所长中间幸弘。

这个提案虽然很令人感激，但中间犹豫了。可以再继续加重市民义工的负担吗？可是想要救助动物的心情是一样的。作为行政单位，现在能够做的，就是接受市民的好意。中间这么认为，实现了史无前例的市民义工出钱刊登广告的做法。

话虽如此，中川在金钱方面也不宽裕。当时《熊日城市信息栏》的刊登费用，依照片等需要的信息量，约为 3000 日元。以募款来说，绝对不是笔小数目，但是中川从担任狗的中途家庭义工时就利用过这个方法，已经证实这个方法效果非凡。中川决定把广告费设为一只狗一个单位，征求赞助者。广告刊登上去以后，就拍摄照片，在博客上介绍。然后她会把广告和报社开的收据也拍照附上去，作为会计证明。捐款救动物——中川想要建立起一个可以具体看到成效的制度，来增加赞助者。

中川选择的是生病的老狗。

这些狗不晓得还能活多久。不管怎么样，领养的时候就必须抱着随时都可能离别的心情去照顾。而且为了治疗，不仅花钱也花时间。即使是再怎么爱狗的人士，若非有着相当大的决心，是无法饲养的。

想要怀抱希望，可是不能期待。

在每个职员都这样想的情况下，广告刊登上去了。他们挑选了看起来比较上相的照片，但还是可以一眼就看出是生病的老狗。只要看了介绍内容，大部分的人都会觉得“果然”，实在不可能会有人想要领养。

然而跌破众人眼镜的是，居然有人出面说要认养。

一位女士来访中心，看到狗便毫不犹豫地走上前去。中间询问她领养的动机，她细心地抚摸狗的脖子和背部，回答说："我一直想要领养被饲主抛弃的老狗，让它们尽量舒适地度过余生。结果我在‘熊日城市信息栏’看到了这只狗的领养消息。"

原来世上也有像这样为动物着想的人……

领养广告经常带来难得的良缘。后来在2006年春天初次来到中心的市民义工工藤明美的协助下，这个活动进一步扩大。工藤透过动物保护活动，与中川熟识，这时中川因为工作变得繁忙，难以继续广告业务，工藤便从中川那里继承担任中途家庭义工的方法，接下了在“熊日城市信息栏”刊登认养讯息的工作。

职员、中川和工藤决定，在由市民义工担任中途义工刊登认养讯息时，必须设置一个期限。因为犬舍空间有限，这是无可奈何的事。因此工藤固定在认养广告中使用“期限将至的生命”作为标题。这让许多人知道熊本市动物爱护中心的狗定期在寻找认养人。

工藤是个体经营者。为了挪出时间从事动物保护活动，她每天集中在早上到正午工作，然后几乎每天下午都去中心报到。除了正在等待领养的狗，她也会向职员询问收容中的动物的情况，为它们拍照，每天晚上将这些照片公开在博客上。

2006 年时，与动物保护相关的博客数量还不多，而且每天公开行政机构情况的博客更是稀少。在某个动物保护团体的主持人的协助下，博客阅览人次顺利增加，也开始有愈来愈多的捐款和支持的声音。

工藤的这些活动，有时也会通过博客和社交网站，使动物经由认识的协助者被领养到别县去；也有不少狗通过中心职员完全没有想过的方法被拯救，比方说在疾病治疗及咬人矫正的专家帮助下找到了新主人。

《熊日城市信息栏》成效非凡。

职员们体验到报纸广告的效果后，它也成了用来劝阻想把宠物送来中心的饲主的工具。

因为突然要搬家、调职或失业，怎么样都没办法继续饲养下去了——如果因为这种理由而把宠物送来中心，至少也该先努力帮宠物寻找新主人。这是饲主的责任，也是义务。职员会这么说明，同时介绍刊登领养广告的做法，作为寻找新主人的方法之一。

当地没有人不知道《熊本日日新闻》，而且《熊日城市信息栏》也是广为人知信息栏。即使是领养条件较严苛的动物，也会有人询问，如果照片可爱或条件良好，有时候甚至一次会有十几个人要求认养。把这样的成效也一并告诉饲主的话，许多饲主都会答应他们会试试自行为宠物寻找新主人。

可是其中也有些饲主只是嘴上说说罢了。

“我在《熊日》登广告了，可是根本没有人要领养。我不能养了，交给你们了。”

“这样，你的广告是几号见报的？”

女职员手中的档案夹有全部的《熊日城市信息栏》。只要询问大致的刊登日期、犬种、饲主名和地址，立刻就可以查到是哪一篇广告。

“你说的那段时间并没有符合的广告啊……”

看到职员翻找报纸，饲主尴尬地开口说：

“我弄错了。我再去登就是了。”

“这样。附上照片效果比较好。如果有什么问题，我们可以提供协助，请随时来找我们商量。”职员建议说。

饲主点着头离开，但很少有人会再回来中心。没有再把动物送来，应该是找到了某些解决方法吧。

可是有时候也会再次接到电话。

那个例子是一位独居老妇人，她因为生病，必须住进专门疗养机构，没办法再饲养爱犬了。打电话来的是自称老妇人儿子的男性，本人因为家庭因素，也无法饲养，说他询问过亲友，仍找不到人认养。

中心很明白饲主为难的处境。还是该由中心收留比较好吗？再次接到电话的负责人这么想，没想到电话另一头男子的声音意外地轻快。

“托你们的福，我找到人收养了！今天打电话是来报告这件事的。”

“真的吗?!”

“是的，家母也很高兴。都是因为你们提供各种信息，我才不用让家母疼爱的狗被扑杀。真的谢谢你们！”

这么说的时候，他似乎也松了一口气。

听到这话的瞬间，总是忙着应付申诉电话的职员开心极了。一开始对方虽然显得不想那么麻烦，但那个时候不屈不挠地劝说和提供讯息，真是没有白费。

其实他不想让动物被扑杀，可是又不晓得该怎么做。

拜访动物爱护中心的人里面，也有不少这样的人。提供建议和信息，可以拯救动物的生命，同时也救赎了人心。

“我先走了。”

松本做完工作，从办公桌后站起来。

晚上 7 : 30 以后，办公室里还有兽医和会计负责人等几名职员在工作。他们眼睛盯着计算机，应着 :“辛苦了。”其中有个人抬头问了 :“那是今天早上的小狗吗？”

松本的怀里抱着一个小笼子，里面装了两只小狗。是淡褐色的日本犬系混种狗，漆黑的眼睛和粗壮的前脚，特征十足。从隙缝往里面看 : 它们正相互依偎在一起，观察着笼子外的人类。

“真可爱，两只长得一模一样呢。”

同事说，松本也被吸引似的看着笼子里面，露出洁白健康的牙齿笑了。

“我家田地旁边有野狗生了小狗，请来把它们带走。”

几天前中心接到这样的通报。松本等职员前往现场，母狗或许是察觉了危险，不见踪影。他们在通报民众带领下检查堤防上挖出来的洞穴，里面传出撒娇般的狗叫声。可是洞穴太深，实在够不到。

这种时候就轮到诱捕笼登场了。把诱捕笼装设在巢穴入口，大部分的狗都会被食物吸引，两三天就能成功捕获。这天早上，田地的主人联络说抓到小狗了。

“我是很想带回去照顾，可是我家已经有五只猫了……”同事一脸抱歉地说。

松本摇头，微笑道：“上次的狗被收养了，我家小孩正觉得寂寞，刚好。”

以前在中心，即使收容了还未断奶的小狗，职员也只能默默视而不见。可爱的幼犬只是在那里，就可以让看到的人全都展颜微笑。然而要维系它们的生命，必须每隔几小时喂奶，并刺激它们排泄。要在每天繁重的业务中照顾它们是不可能的事，因此如果收容了还未断奶的小狗，就只能在当天让它们被扑杀。

可是现在中心的方针以挽救生命为优先。职员人数与以前相比增加了一些，这也是令人安心的因素。只要想付出的人踏出一步，是否就能拯救幼小的生命呢？例外的选项又多了一个，不知不觉间，有几名职员开始带着小狗上下班了。

这种例外的应对方式，在小狗断奶之后依然持续着。

周末收容犬的照顾，一般都是排班处理。星期六上午喂食食物和清水，然后从下午一直到星期日的业务都是停止的。如果是健康的成犬，还能勉强撑得住，但小狗一下子就会失去体力。因此收容小狗的时候，职员会调整时间来轮流照顾。

即使如此，扑杀的现实总是矗立在眼前。

动物管理区的收容数目总是濒临极限。会把通往毒气箱的通道拿来使用，也是为了设法多一点收容空间；同时他们也把大型围笼叠成三层，作为小狗和小型犬的犬舍，最大化地利用空间。

收容数目愈多，生病、受伤、发生事故的概率也就愈高。

应该还有办法再多收容一只吧。这样的一点疏忽，有时候却可能毁掉许多本来或许能成为幸福家犬的狗的未来。

这个时候，扑杀已经改为由兽医亲手一只只执行。

这是因为被扑杀动物的数目减少，而且这样可以让动物免于承受痛苦。

一开始先用镇静剂进行肌肉注射。即使是有些兴奋的狗，十五分钟左右，对声音和物体的反应就会变得迟钝。有些动物还会开始打起盹来。像这样减轻身心的紧张后，再静脉注射麻醉药。一会儿后，动物就会完全失去意识，没多久呼吸和脉搏便停止了。

从动物的模样看起来，它们并未感觉到恐惧、恐慌或痛苦。人类不是当事者，所以无法断言，但松本认为这是最接近安乐死的方法。

体力充沛的成犬的扑杀，从开始执行到毙命，需要花上近四十分钟。手持注射器的是拥有兽医执照的职员，但为了对狗进行保定，冈崎和栉岛等业务职员也会参加。把尸体送进焚化炉以及管理骨灰，是他们的工作。

现在这种一只只各别处理的环境与在喧闹和混乱中痛苦挣扎着死去的毒气箱环境相比，或许可说是有天壤之别。即使如此，眼睁睁看着原本还活蹦乱跳的动物在自己的手中心肺停止的作业，因为能够更直接地感受到死亡，对职员的冲击也就更大了。

以前挑选狗，是为了拯救生命。

可是由于扑杀数量减少，挑选的意义就完全逆转过来了。

被挑选出来的，主要是不适合成为家犬的问题犬。数目压倒性居多的，是被判断有咬人的毛病或具有攻击性，而且难以矫正的狗。如果饲主拥有满满的爱以及控制狗的技巧和能力，或许照顾得了。可是遇到这种主人的可能性，可以说不到百分之几。它们是不可以开放给一般民众认养的狗。

这天松本在早会中念出七只狗的名字。

“以上七只狗，经决定需进行扑杀。今天的数目比较多，所以今天四只，明天三只，分成两次进行。”

被决定扑杀的狗，被列为候补的时候就会通告所有职员。如果有异议可以提出，但几乎从来没有人反对。职员每天都在业务中接触到狗，他们完全理解为何这些狗会被列入扑杀名单。

可是一旦决定扑杀，每个人都还是不免感触良多。

突然间，一名女职员掉下泪来。

她平常绝对不是那种情绪化的人。女职员急忙掏出手帕拭泪，眼泪却不停地往下掉，连本人也控制不了。

松本吓了一跳，但他很快就了解为什么了。

被选中的其中一只狗，是那名职员特别照顾的一只。虽然不是可以推荐给一般家庭饲养的狗，但也不会成天威吓周围的人。它一开始戒心很重，但熟悉环境以后，也开始对职员表现出可爱的表情和亲人的态度。这种落差也是它的魅力之一。原来这只狗也有这样的一面吗？这么一想，对狗的感情自然也就与日俱增了。

必须接受现实。

尽管这么想，但许多职员都在内心悄悄祈祷不要轮到自己特别关爱的狗被扑杀。可是那个时刻还是到来了。

一种独特的寂静在办公室当中扩散。一会儿后，松本开口了：“这次先别扑杀这只狗吧。”

他念出名单中的一个名字，女职员握着手帕抬起头来。松本从左到右看了众职员一圈，像在征求他们的同意。有人显得吃惊，但没有人露出不满的样子。所长中间用一种“没有异议”的表情微微点头。松本确定之后，再次询问女职员：“这样可以吗？”

“……是的。”

看到同事松了一口气，松本的表情也放松了。

“如果没有其他要交代的事，早会就结束吧。今天也好好加油吧！”

中间号令一下，职员迅速地换上长靴，小跑前往动物管理区。打开正面入口的铁门，狗的叫声变得更大了。先把被系在犬舍的狗一一移动到管理区正面的坡道。移动结束后，再一一分配食物。这是一如往常的早晨光景。

松本用沾了清洁剂的刷子刷洗犬舍地板。

即使今天取消了一只狗的扑杀，又能解决什么?

如果被人这么问，他无从反驳。可是看到同事的眼泪，他无法默不吭声。都已经决定的事，事到临头又反悔，原本是不被允许的。可是尽管明白同事的心情，却坚持扑杀的话，自己一定会后悔。

刚调来这里的时候，松本从来没有想过可以像这样牵着每一只收容犬散步。由于与人接触的机会增加，促进了狗的社会化，领养率也提高了。已经有好几只狗因此获救。

可是因为职员与动物的距离拉近，也有些人被伤得更深了。即使方式改变，扑杀一样是令人难以承受的现实。不能用自己曾亲手把狗赶进毒气箱的体验当基准，说现在已经好太多了。

动物死去令人悲伤。

但如果没有这样的感情，就无法从事这份工作。有时候虽然也会有个人好恶牵涉其中，但松本觉得即使这样也好。正因为如此，这非得是一个不会让任何人心碎的单位才行。为动物流泪，这不是很美好的事吗？如果是与这样的同事合作，一定可以拯救更多的动物。

松本这么想。

可是令人陷入绝望的事总是突如其来。

“我有一只不要的狗。”

来到中心服务台的是一个身穿招摇的西装、相貌堂堂的男子。他西装外套的袖口露出高级进口手表。松本看到的瞬间，心中便有了不好的预感。

“什么样的狗？”

“在那边。”

办公室外面有个年轻人牵着一头大型犬。

粗壮的四肢、肌肉发达的躯体、粗圆的脖子、大大的头，但耳朵小小的，垂在两旁。眼睛令人感觉到独立与坚忍，下巴也十分结实，体重看上去不下五十公斤，是一头完全符合“威风凛凛”这种形容的土佐犬。

土佐犬是明治时代由日本土狗与斗牛犬、大丹犬、獒犬等欧洲犬种交配而成的犬种。其魅力在于大型犬特有的强壮体形及顺从个性。但由于运动能力极强，而且具备强烈的地盘意识，要控制土佐犬，需要高度的技术与深厚的爱。女性和高龄者在体力上无法单独照料它，也就是说，土佐犬并不是可以像一般宠物那样去饲养的犬种。

如果是迷上土佐犬独有的诸多魅力，理解土佐犬的特点及个性，并且好好去照顾，那就没有问题。可是也有些人是在超大型犬的风格当中追求一种地位象征，并没有仔细去考虑自己是否照顾得了的现实问题，便贸然饲养，结果无法控制狗，这种情况相当常见。

松本询问，男子回答这头土佐犬已经快三岁了。

“都已经照顾了三年，为什么现在又不要它了？”

“它的斗志不够。这么软弱的狗我不要了。”

那毫不犹豫的口气让松本哑口无言。看来他不祥的预感成真了。

熊本县内有斗犬活动。

他曾经听说过这种传闻，但是不清楚详情。熊本没有专门的斗犬场，主办者似乎四处变更地点，每年举办几次比赛。但信息只在爱好者之间流通，关于比赛内容和规则、规模等明确的信息，就连行政单位也尚未掌握。

可是斗犬爱好者似乎为数不少。就像这只土佐犬一样，每年都有几只被弃养而送到这个中心的大型狗，都是原本为了投入斗犬比赛而饲养的。送来行政单位的理由，一半是在比赛中打不赢所以不要了，另一半则是饲主控制不了，没法应付。

几乎所有的饲主都没有什么心理纠葛，就要求扑杀狗。即使他们说狗“很弱”，那也是经过训练的斗犬，要让一般民众饲养在家里太困难了。

在办公室外等待的年轻人应该只是暂时被交派看顾狗的任务，他看起来连紧握住狗绳都很勉强。和松本说话的西装男子从室内招呼了几声，土佐犬才稍微安分了一点。

男子要求中心扑杀这只狗。

如果是平常，松本会费尽唇舌说服饲主，可是他想不到能跟这个人说什么。狗的眼睛紧盯着饲主，看得出它很依赖主人。因为喜欢主人，想要被主人称赞，这只狗顺从地接受了作为斗犬的各种训练，也学到了战斗技巧。

可是主人并不满足。为了人类的自私和微不足道的虚荣，一个生命就这样被玩弄了。世上怎能有如此残忍的事？

“拜托你，请下不为例，不要再做这种事了！”

“当然，下次我会找更厉害的狗。”

“我不是那个意思！”

松本厉声说道，男子的眼光变得更加凌厉，声音也变得更魄力十足。

“我的狗要怎么处置，轮不到你插嘴！”

“饲主必须对自己养的狗负起责任。如果你一定要它死，不是送到这里扑杀，自己带去动物医院，负起责任把它安乐死！”松本回绝说。

结果男子当场摇头：“那不行。”

“为什么？”

“动物医院要钱啊！所以我才会带来公家机关，你连这都不懂吗？”

男子坚持拒绝把狗带去动物医院。不肯听劝的饲主，还有无人控制得了的土佐犬——结论已经出来了。

即使如此，松本还是怎么样都无法答应男子的要求。狗被自私的饲主玩弄然后死去，那么饲主是不是也该受到某些惩罚才对？如果对方说不通，剩下的方法就只有一个了。

“好吧，我们愿意扑杀它。可是有个条件。”

男子皱起眉头，松本不理他，继续说下去。

“请你送它最后一程。”

男子沉默，不知道是在犹豫，还是不懂松本的意思。

“从那只狗的样子看来，只有主人控制得了它。它很有可能看到针筒和医疗器具就兴奋，弄伤职员，请你负责让它保持镇定。”

“如果送它一程，你们就愿意扑杀它是吧？”

几天以后，男子再次来到中心。

由载着装土佐犬的特大笼子的车子领头，几辆车子驶进了停车场，然后许多小伙子陆续下了车。每个人的表情和态度都十分凶恶，就像在威吓着周围的人。看来这只土佐犬的饲主是领导某种组织的大人物。松本从办公室出来，小伙子们便立刻将锐利的视线投向他。

“就是你胆敢指使我们头儿？”虽然没有人将这话说出口，但紧张的气氛弥漫开来。可是松本不会被这种气氛吓到。

“处置室在这边。”

松本朝动物管理区走去，饲主牵着土佐犬，后面跟着一票小伙子。室内有诊察台，但实际把狗带来一看，才发现空间实在不够让那只狗站上去，只能让它坐在地板上进行处置了。

消毒水的气味和医疗器具的碰撞声，这非比寻常的氛围让狗开始兴奋起来。

“请好好抓紧狗绳，按住它的身体。”

听到松本的声音，饲主在手中使劲。即使如此，狗还是试图抵抗，不过松本趁着它动作停住的一点空当成功注射了镇静剂。四十分钟后，在许多男人的注视下，年纪轻轻的土佐犬在饲主的手臂中断气了。

男子几乎不发一语地回去了。

目睹狗的死亡，男子做何感想？对于亲手夺走自己的狗的生命，松本希望他能感到后悔或悲伤。再也不想经历这种情绪了——如果至少他能这么想就好了……

面对还带有体温的尸骸，松本不得不如此祈祷。

第十一回

让想要认养的人认清现实，哭个一次才好

第十一話

飼い主希望者には、一度泣いてもらえばよか

“下一个课题是成犬领养。我认为这部分必须正式推进才行。”

动物爱护促进协议会会长松田光太郎说道，协议会的成员全都用力点头。

熊本市动物爱护中心在协议会的协助下，已经定期举办认养活动。

可是开放领养的主要是小猫和小狗。

如果有人喜欢成犬，要求认养某一只狗，当然也开放认养。可是这种例子从整体来看只是少数，吸引大部分人的，都是正值可爱时期的二至三个月大的小动物。

养动物就该从小养起。尤其是狗，如果不是从小狗开始养，就不会亲近主人，也不好管教。

——到现在都还有很多人抱持着这种“小狗迷思”。

动物不分年龄，只要好好地付出爱，它们就会寄予信任，成犬的个性、情绪、身体状况和运动量已经稳定，与没有社会经验的小狗相比，有时照顾起来反倒更轻松。只要广为宣传这些认养成犬的好处，应该可以更进一步减少扑杀。

可是要达到这个目的，必须有适切的准备工作。

“如果要开放成犬认养，就必须确实设下限制条件。”

松田提议制作认养手册，因为他过去曾经有过苦涩的经验。

十几年前，熊本市兽医协会曾经定期主办认养行政机构动物的活动。随着举办次数增加，参观人数逐渐增长，该活动被当地报纸和电视台进行了报道。有一次，有人来商量说想为自家出生的小猫、小狗寻找主人。众人认为如果能减少送进行政单位的动物数目就是好事，便提供认养活动的空间。一开始的几次都没有问题。

可是渐渐地，情况改变了。

“今年也麻烦你们啰！”

开始有人像这样带动物过来给人认养了。为了不增加不幸的生命，绝育手术是必要的，而且每次举办认养活动时，主办单位都会这么教育参观者。然而这一点完全不被遵守，不知不觉间，兽医协会的成员变成了为不负责任的饲主收拾烂摊子的义工。

松田发现这种情形，气得七窍生烟。

“这种事我不干啦！”

从此以后，熊本市兽医协会定期举办的认养活动就中止了。

然后松田还发现另一件事，也就是很多人只因为觉得“好可怜”就想要领养动物。如果只有一只，或许还能照顾。可是也有些人满脑子只想着“总之我必须拯救生命”，完全不考虑现实问题就鲁莽行动。

成犬的个性大部分都已经固定下来，因此容易照顾，但也并不是“每个人都能照顾”。就像人与人有投缘不投缘的问题，狗与人之间也必须合得来，生活步调一致，以及彼此磨合。

如果因为一时感情用事就把动物带回家，事后觉得“跟原本想象的不一样”“我养不好”就又送回行政单位，那就本末倒置了。另一方面，也必须考虑到有些人明明没办法好好照料，却领养了许多动物，饲养数量超出自身承受范围。

所以推动成犬认养有许多困难。

如果这个计划成功，一定能更进一步减少熊本市被扑杀的动物数目。可是如果不明确立下认养限制，甚至有可能造成反效果。这个人绝对可以照顾好动物——必须设立一个基准，好筛选出这样的最佳主人。

协议会成员开始制作《认养前讲习会手册》。

负责拟定草稿的是副会长西川。西川主持动物保护团体，在认养现场见闻过各种问题。她依据实例，整理出必要的认养人条件和认养前讲习会的内容。

营运负责人松本充史等中心的职员看过以后，大吃一惊。

问卷上列满了有关家庭与生活环境的详细问题。像是家庭成员、有无过敏疾病等，还有住处是租的还是自有的、是独栋住宅还是公寓、有没有庭院等，这些问题都必须回答。

“要认养动物，得回答这么多问题吗？”

“每个问题都是绝对必要的。里面没有半个问题是多余的。”

西川斩钉截铁地回答，松本不禁沉吟起来。

“这些问题有可能侵犯隐私，难得有人想要认养，可能会因此退缩，认为没有必要被公家单位这样问东问西。”

“为了确认想要领养的人是否具备饲养动物的环境，这些都是最低限度的必要问题。万一被认养之后，碰上糟糕的饲养环境，那就无可挽回了。”

“话是这样说没错，可是这个目标太不切实际了！”

松本也一样希望动物能被妥善的主人领养。可是西川设定的门槛实在高过头了。如果不循序渐进，实在无法推广成犬领养制度。

可是西川不肯退让。

“我的目标是消灭‘领养地狱’。”

听到这话，协议会的成员都不明白那是在说什么，露出诧异的表情。

所谓“领养地狱”，是狗被领养之后，一直被绑在庭院里，没有人带去散步，附近只摆个容器盛上一点肮脏的水，无人搭理，也无人抚摸。即使因环境脏乱而生病，也得不到治疗，就任凭狗在那儿自生自灭——就是这种狗的惨状。

消灭“领养地狱”，也是西川主持的团体的目标。

西川在活动中，在熊本县内外看过好几个因为轻率认养而让动物陷入不幸的例子。由于状况过于悲惨，有时也令她反思起拯救生命究竟是怎么回事。

“有时候我甚至会想，或许它们在中心被扑杀要幸福多了。”

与西川一起活动的团体成员也加入并说明情况，会议室里的众人听了都倒吸一口气。

在毒气箱里痛苦挣扎着死去已经够惨了，然而世上居然还有比那更惨的事吗？

“会不会太夸张了？”

“不管是什么状况，只要活着，对动物来说当然是比较幸福吧？”

成员陆续发出困惑的声音，但西川的想法没有改变。

会长松田也为她撑腰说：

“饲养动物的责任很沉重。为了让认养人冷静思考自己是否能照顾动物一辈子，问卷和讲习会应该要采取最高标准才行。也为了遏止觉得动物可怜就想要饲养的天真心态，让想要认养的人认清现实，哭个一次才好。”

会议室喧哗得更厉害了。

松本和中心职员也都说不出话来。来访中心想要认养动物的市民，对行政单位来说是值得感激的存在，却要让这些善良的人“哭”……

与松田亲近的兽医协会成员察觉氛围，开口说了：

“松田医生，这样会不会太莽撞了？”

“哪里莽撞了？对不想记得的事，人类一下子就忘得一干二净。让他们在讲习会看看中心的动物是什么下场，职员是怀着什么样的心情在工作，认清现实，受点惊吓，才是刚刚好。”

“可是来参加认养会的都是些喜欢动物的善心人士，可能会有人被吓到昏倒。”

“哭也没关系，昏倒也没关系。如果有人抗议，我松田作为会长，会负责出面道歉！”

松田发言的声音比平常更加洪亮。身为一个男人、身为会长，他会一肩扛起责任。表明决心的同时，双手撑在桌上鞠躬的动作虽然令人觉得可靠，却也有那么一丝喜感，让室内的气氛变得柔和了一些。

松田那直率的性格不知不觉间改变了协议会的氛围。刚设立的初期，好一段时间感觉大家都有些生疏，都会先彼此察言观色才敢行动。会议中也强烈地有种不允许失言的气氛，所以众人发言时都小心翼翼，如履薄冰，有时连交换意见都得花上许多时间。

可是松田当上会长以来，渐渐地大家对提出意见不再感到排斥。虽然有时候这也会造成失言，但是觉得说得太过火时，只要向对方道声歉，也不会留下任何芥蒂。

所以西川也才能明确地宣布“我想消灭‘领养地狱’”。如果是以前，她一定会考虑到这样说可能会造成中心职员的困扰，隐忍不说吧。

松田和西川的发言虽然令人惊讶，但中心的职员也体认到即使掩饰现实也无法改变任何事。那么干脆趁这个机会，让大人小孩了解到中心究竟发生了哪些事。为何这里会有不幸的动物？只要好好地说明，认养人一定也能够理解。

很快地，协议会成员达成了共识。

成犬认养活动的认养前讲习会的方针确定了。

主题是让饲主了解现实。了解现实以后，或许会有人因为不想踏入这么恐怖的世界，婉拒参加认养活动。虽然很遗憾，但这也是没办法的事。包括放弃认养的选项在内，讲习会的内容将会带领认养人深入省思饲养动物是怎么一回事。

问卷和指导内容的企划执行，由兽医小山信负责。

小山在保健所担任了近十年的食品卫生监察员，于2007年春天调到动物爱护中心。对他来说，动物行政现场是完全陌生的世界。刚接到调职令时，他对动物爱护中心的印象至多就是那里是屠杀动物的地方。

“真讨厌，我得在那种地方待上几年？”小山怀着这种心情前往新职场。

刚开始上班没多久，小山就为收容的动物之多惊讶极了，然后实际从事扑杀作业以后，那种残酷令他大为震惊，他就在惊讶与震惊中度过每一天。

可是也有令他意外的事。也就是弥漫在整个单位的独特热忱。尽管得时时面对动物的死，职员依旧满腔热血，努力去改变这种状况，并认为绝对可以改变这种状况。业务人员和兽医不必说，连行政人员都为了同一个目标团结一致，现场充满了积极向上的气氛。

原来公家机关里面也有这样的地方。

小山担任市政府职员已经二十几年，这是他第一次在职场中感受到这样的氛围。

不想扑杀。不想杀害动物。

奋斗始于对现场的切实思考。职员与轻易把猫狗送来的饲主对抗，孜孜不倦地为动物寻找新主人，多亏了他们的努力，熊本市被扑杀的动物数目确实减少了。

小山调来的时候，中心已经不再对狗进行毒气箱扑杀，狗全部由兽医一只只亲手注射药剂安乐死。过去一星期执行两次的扑杀，最近也稳定减少到一星期一次或更少。对于了解过去情况的职员来说，是一项壮举。

可是当时别说是熊本市市民了，连同市的职员几乎都不晓得这件事。

这意料之外的状况令小山惊讶，但与协议会成员一同合作更是新奇的体验。与市民一起激发点子，营运组织。这是他第一次亲眼见识到所谓的官民合作。

小山虽然拥有兽医资格，但他已经十几年没有接触过与动物有关的现场了。关于动物行政，他必须从头开始学习。就是在这个时候，他听到正在筹备成犬认养前讲习会的消息。

讲习会的筹备工作，他担任食品卫生监察员时就已经经历过无数次了。小山认为可以活用他的资历，因而接下了成犬认养前讲习会的主持工作。

食品卫生与动物保护，内容虽然不同，但他从过去的经验中，很快就发现举办讲习会关键的部分是相同的。

这种活动是启发活动。

讲习会要成功，有几个要点。

讲习内容必须以没有预备知识的人为基准来规划，加入让听讲者发言的形式。为了让听讲者对主题感兴趣，要加入大量的震撼性内容。

必须避免的是，让公务员来罗列“应该告诉民众的内容”，这样只会让参加者昏昏欲睡。要营造出主角完全是听讲者的气氛，并整理饲养动物时“必须思考的问题”以及“必须具备的知识”，这是启发的铁则。

小山决定在听讲前先分发自我测验表。

上面是有关宠物每天的照顾和管教、健康管理、绝育手术、动物及饲主高龄或生病时的应对方式等内容。

这些内容类似于测验一个人是否适合当一个领养人，不过自测表不必交给中心职员，别人也不会看到分数。这是为了让听讲人对讲习内容产生当事人意识。如此一来，他们在听讲时便会认真思考：如果是我会怎么做？

此外，小山也下定决心纳入协议会成员强烈要求的“让他们哭”的内容。

影像资料要设计成能直接传达现场状况的。小山正这么想，就在中心的资料里面发现了一盒录像带。

影片中登场的是直到几天前应该都还有人饲养的猫狗。

由于人类单方面的因素被弃养的猫狗，没有活下去的选项。动物们在恐惧与恐慌之中被送进毒气箱。毙命之前的惨叫、挣扎，以及不久后造访的死寂。在不锈钢地板上动物尸体的四肢无力地伸展着。作业员解下它们的项圈、铁链，把它们搬到焚化炉去。画面淡淡地呈现出这些内容。

拍摄这部影片的是非营利组织地球生物协会 ALIVE (All Life In a Viable Environment)。这个团体追求宠物、家畜、野生动物等所有动物的保护及福祉，长年在各个领域活动。这部影片是他们 1997 年制作的作品《剩余的生命》。

影片内容即使是了解动物行政现场的人看了，也无法不受震动。与人类社会密切相关的宠物，它们的命运几乎百分之百由饲主来决定。能够拯救被人类抛弃的动物的，就只有人类而已。影片中没有夸张的表现，也没有自行设限避免血腥镜头，而是简洁地呈现出事实。

“要使用影片的话，这是不二之选！”小山当场决定。公家单位在以一般市民为对象的认养前讲习会使用这部影片，在日本应该是创举。

2007 年初夏。认养前讲习会的内容终于规划完成，即将举行讲习会预演。预演由协议会成员及义工参加，目的是如果对内容有意见或问题，可以提出，以便在正式举办前进行调整。

讲习时间约为一小时。

小山以演说般的语气娓娓道来：

中心收容了许多的猫狗，为什么它们会被带到这里？被饲主抛弃的猫狗将会陷入多么大的不安与恐惧？它们会遭遇什么样的命运？

播放的影片里，有许多连了解动物行政现场的人都不忍正视的场面。对于喜欢动物的人来说，内容或许是太令人难受了。可是职员们希望准备从中心领养猫狗的人了解真正的现实；希望可以透过讲习会，让被领养的动物不会再被送回这个地方。他们认为以结果来说，这样能为动物带来幸福。小山穿插各种体验，代为说出职员们的心声。

最后留了一段时间，用来阅读美国作家吉姆·威利斯（Jim Willis）的散文《你何忍如此？》（*How Could You?*）。该文讲的是一只被主人抛弃的狗，在临终前诉说自己的一生。狗因为主人的生活方式出现变化，失去容身之处，即使如此，它还是回想着幸福的往日时光，全心信赖着主人。这篇散文在世界各国的动物保护活动家之间掀起话题，日本也出版了收录这篇文章的作品，但小山刻意使用了自己的译文。他为了该如何翻译每一个词语而苦心孤诣，试着原汁原味地传达出原作者的意思。

“来参加今天的讲习会的各位或许已经迫不及待要把动物带回家。可是光靠‘好可怜’的念头，是无法拯救动物的。动物爱护中心送出去的猫狗，就和文中登场的动物一样，是曾经被主人宣判为不被需要的猫狗。我们职员不希望让动物再次遭到背叛。所以在领养之前，希望各位仔细思考，如果要养，就必须把它们视为家中的一分子，照顾它们一辈子。”

小山总结后，行了个礼。场内依然一片寂静。

“以上，讲习会结束。”

即使如此，依然没有反应。

没有人能够反应。不管再怎么用手帕按住眼睛，泪水仍泉涌不止，所有的人都发不出声音，每一双眼睛都哭红、哭肿了。

“虽说方针是要让听讲者留下强烈的印象，但这是不是有点过头了？”小山这么想，却也只能沉默。结果总算有一名成员抬起头来。

“小山先生。”

“是。”

“太棒了！”

被这个声音激发，众人开始发表意见。

“这内容太棒了！”

“我听到一半就哭到停不下来，不晓得该怎么办了。”

“参加这场讲习会的人，绝对不会弃养动物的！”

“你真的会用这样的内容上阵吧？”

这对小山而言，是非常新鲜的体验。

过去从来没有人因为他的工作如此欢喜。虽然觉得有点害臊，但小山开心极了。

一直哭到刚才的成员，也握着沾满泪水的手帕，不知不觉间露出笑容。

这一年8月，认养前讲习会正式开始了。

第十二回

可以救狗，为什么不能救猫？！

第十二話

犬は救えて、どうして
猫は救えんと?!

"好可爱……"

打开小纸箱的瞬间，本田信夫不禁微笑起来。

箱子里面装了五只小猫，约两周大。它们"咪咪"叫着，舞动着四肢，像是在展现自己有多可爱。

差不多想去其他单位经历看看了——

本田在熊本市清洁中心上班的时候，开始萌生这样的想法。他成为市政府职员后，参与了与清洁相关的各种业务。作为公务员，他必须应付的范围极广，因此也有许多专门性的工作，尽管忙碌，但非常充实。蓦然回首，他已经在那里工作了十年。作为清洁方面的专家，可以说是完成了一个阶段性任务。本田正这么感觉的时候，听到了动物爱护中心的事。

中心的职员为了不扑杀收容的动物，似乎正在推动各项措施。本田听到这个消息，兴致勃勃，因为他原本就是个喜爱动物的人。

从小，本田家中就总是有鸟或兔子等动物。他的父亲很爱养绿绣眼，是鸟叫比赛"吟鸣会"的死忠玩家。本田的妻子也喜欢动物，婚后他们养了狗。但几年前爱犬死去后他们深受打击，至今仍无法平复，好一阵子家中没有再饲养动物。

就在某个秋夜，本田碰到了一个令他开始严肃思考动物保护的事件。

他在家里的时候，手机响了。是住在市内的妹妹打来的。妹妹在附近的市民中心体育馆救了一只夹在墙缝中动弹不得的小猫，可是实在不晓得该怎么照顾……

日落之后已经过了几个小时。熊本秋季的白天虽然温暖，但夜晚意外地寒冷。小猫一直贴在冰冷的水泥墙上，变得非常衰弱。可是由于居住环境的关系，妹妹一家难以在住的地方照顾小猫。状况非常迫切。本田这么感觉，立刻动身去接小猫。

被救出来的小猫取名红豆，成了本田家的新成员。

经过这件事，本田开始认真考虑投入动物行政工作，并正式向上司提出调动申请。然后隔年 2007 年春天，他被调到动物爱护中心。

新的单位完全以动物保护业务为中心，其程度远远超出他的想象。尽管收容了近五十只狗，但清扫工作做得非常彻底，因此动物管理区没有不舒服的臭味。收容中的狗沿着坡道绑成一排，一脸舒适地进行日光浴，这景象令人莞尔。职员在忙碌的业务中，仍会努力抽空为狗梳毛，带它们散步，与它们沟通交流。定期举办认养活动时，每次参加的民众都很踊跃，平日也会有个人前来洽询，希望领养动物。

收容在这里的狗，绝大部分都以将会被新家庭收养、展开新生活为前提来照顾。

可是猫的处境就完全不同了。

装了五只小猫的纸箱是被人丢在中心门口的。本田被小猫伸出来的前脚吸引，伸出手指。软绵绵的肉球和爪子的触感叫人疼惜不已。前辈职员看到猫咪那幼小的模样，淡淡地说：“还没有断奶……”

当本田知道那是当日扑杀的标准之一时，整个人呆掉了。

这些猫跟红豆被获救时的年纪应该差不多吧。刚被救回来的红豆营养不良，衰弱极了。正因为这样，当它恢复体力，体重增加时，本田和妻子真是开心得无法形容。红豆虽然防心很重，碰上一点环境变化依然会吓得惊慌失措，但是在自家客厅玩耍时，可以看出它正享受着身为家猫的生活。

爱猫数个月前的模样，与在箱子里叫个不停的小猫重叠在一起。

怎么会有这种差别？可以救狗，为什么不能救猫？！

可是实际在现场工作，他立刻就了解到要拯救未断奶的幼猫有多困难。猫的扑杀数目虽然每年都在减少，但一年仍有五百只以上在毒气箱中毙命。本田调来中心以后，才知道这里收容的猫，几乎全是尚未断奶的幼小生命。

如果收容的猫已经断奶，经诊断身体健康，人们也会稍微感到安慰。和狗一样，中心也努力为猫咪寻找新饲主。可是根据 2006 年的统计，被认养的猫一年不到一百只。即使被收容，也有很多猫因为受伤或生病而死亡，生存率至多只有百分之十二。与有近百分之八十的生存率的狗相比，只能说猫处在悲惨万分的状况之中。

这里的猫大部分都是因为市民通报而被收容的。也有一些是被人装在箱子中丢在中心附近的，还有一些是野猫在民宅庭院生下的小猫，被民众送到了中心。如果是家猫生的小猫，还可以设法说服饲主，但如果不是送来的人的责任，中心就只能收下。

小猫数量少的时候，有时候也会由兽医一只只施打镇静剂和麻醉药安乐死。可是碰上春秋的繁殖时节，没有多余的时间一一安乐死时，就只能全部一起赶进毒气箱。

猫用的毒气箱比狗用的要小上许多，可是二氧化碳浓度必须调得比狗用的更高。猫的体形小，呼吸也浅，所以要花上很久的时间才会断气。数量愈多，就愈难调好二氧化碳的浓度。看看时间，觉得应该够了，打开毒气箱的门一看，有时会有年纪太小、呼吸太浅的猫还没有断气，正痛苦地挣扎。这时职员只能向它们道歉，再次关上毒气箱的门。只要在这里工作，碰上这种场面的机会绝对不止一两次。

每次看到毒气箱，本田就想尖叫。

好想救救它们！

可是现在的自己能为猫咪做的，只有确定二氧化碳浓度，好让它们不要太痛苦地死去。这个状况让本田懊恼极了。

“我想要收养你们那里的猫。”

本田调来那一年的 4 月底，在黄金周假期开始后，有人打电话到动物爱护中心来。虽然数量不多，但有时会有想要认养动物的个人打电话来询问。可是职员交谈之后，发现这通电话的内容异于一般的领养申请。

“我现在要去你们那里带回一只被收容的伤猫。在那之前，请你们千万不要扑杀它……”

职员询问对方是否是猫的饲主。打电话来的女子自称是住在市内的粉领族，名叫西惠美子。

好像有只猫被车子撞到，动弹不得，被熊本市动物爱护中心收容了。西惠美子在前天偶然听见朋友提起这件事。

西平日就对动物保护很感兴趣，也知道熊本市正热心推动减少狗的扑杀。可是她询问猫的待遇之后，才发现两者天差地别。由于事故受伤等因素被收容的猫，如果被判断为没救了，就会立刻被扑杀——听到朋友这么说时，西一时难以置信。

怎么会?！可是万一真的是这样怎么办?

自己居住的城市，有一只猫尽管被人收容，却得在痛苦当中步向死亡。想着想着，西愈来愈清醒，就这样一夜无法成眠。到了早上，她依然忘不了猫的事，一到服务台开放时间，便立刻拨打中心的电话。

西准备了纸箱，然后拜访了动物爱护中心，在那里见到了下半身严重受伤的成猫。

“对于猫，我们现在什么都没办法做。”

出来服务台应对的是松本充史。他说猫的收容数量太多，但碍于预算、设备、职员数目等因素，几乎无法妥善处理。

每年都有六十到七十只猫因为交通事故等原因受伤

而被送进中心。其中也有一些猫戴着漂亮的项圈，显然是有人养的，但因为没有名牌，无法联络上饲主。

“跟狗相比，猫很难处理。”

松本感觉到西对动物保护具有高度热忱，便道出了猫所面临的严酷状况。

“即使是小猫也没有人要领养吗？”

“如果已经断奶，我们不会送去扑杀，而是为它们寻找主人。可是太小的猫，这里实在没办法照顾。”

松本的表情暗了下来，让西不得不了解到其中的意义。受伤的猫、幼小的猫，愈是需要人照顾的生命，愈容易被抛弃，居然有这种事……这个地方救助狗的实绩是出了名的出类拔萃，那么猫应该也得到相同的待遇才是——直到几天前，西都还这么以为，然而现在她了解到猫所面临的残酷现实，受到了极大的打击。

西带走伤猫后，立刻把它送进动物医院。由于距离事故时间已经很久，猫衰弱得很严重。尤其是受伤严重的后脚，医师诊断只能切除，立刻动了手术。猫虽然成了三脚猫，但由于得到妥善的治疗，日渐复原。不久后，它开始到处跑来跑去，就好像根本不介意少了一条腿。这个时候，有个住在埼玉县的网友看到西当成个人日记经营的博客文章，希望认养这只猫，于是三脚猫找到了新家。

即使受了那么严重的伤，只要好好照顾，还是可以救回一命。

从此以后，西更是无法忘怀动物爱护中心里的猫。

第一次拜访中心四个月后，西再次出现在服务台。

“我想要照顾这里的猫。”

“既然职员没办法照顾，那么我来照顾就是了。想要拯救被送进毒气箱的生命，就只有这个方法了。”西这么想。她向松本商量说想要担任中途家庭义工，为猫咪寻找新主人。

这是减少扑杀的一个方法，松本没有理由拒绝，可是他也想要尽量避免给市民个人带来负担。

“你可以答应我在不造成负担的范围内担任中途义工吗？请你先从已经断奶的健康小猫开始做起吧！”

西立刻把小猫带回家照顾。家里只有她和丈夫两个人。丈夫虽然很支持，但两人都是上班族，能够饲养的数目有限。每个星期三，西会在下班后拜访中心，看看这里收容的猫，和松本讨论饲养方法和收容状况。随着对动物行政现场的了解，西感觉光靠她一个人单打独斗，实在是杯水车薪。

于是西设立了一个专门记录活动的博客，上传自己的活动内容与中心的现况。博客名称是“喵汪奋斗记”。行政机构中有许多猫咪不为人知地被送进毒气箱死去——她传达这悲惨的现况，介绍可以拯救猫咪的方法。博客的回响远超出预期。

“我想要帮忙”“我想捐赠猫粮等支援物资或活动资金”“我想成为小猫的新主人”。也有人愿意担任猫咪找到新主人之前的中途家庭义工。在养过猫的人当中，也有人曾经照顾过连眼睛都还没睁开、才出生几天的猫咪。“我随时都有空，如果需要暂时寄养的地方，请联络我”——听到种种协助的声音，独自一人开始进行保护活动的西觉得获得了莫大的支持。由于协助者增加，不久后连未断奶的猫咪也可以收容了。

就这样，西个人展开的活动，在想要拯救街猫的人之间确实地扩大开来。

照顾断奶前的奶猫，每隔两三个小时就要喂奶并促进排泄，这需要莫大的体力。不久后，猫咪们睁开眼睛，展现好奇心，身体也逐渐成长。等到可以吃离乳食品后，才算可以稍微放心了。然后在网站或地方信息杂志上刊登领养讯息，不久后猫就被正式的饲主领养。对于一手把小猫奶大的人来说，这虽然令人有些落寞，但是能够把养大的生命送进幸福的环境，那种充实难以言喻。

等待救援的猫咪多得数不清。义工们只要自家一有空间，就会再次收容新的小猫，照顾它们。

西开始进行猫的救援活动以后，职员的工作有了戏剧性的变化。

打开纸箱，发现里面装着未断奶的小猫时那种无处发泄的愤怒与失望，想到接下来令人难以承受的作业，甚至跟同事交谈的力气都丧失了。面对这样的状况，第一次有了别的选项。

这天被收容的小猫眼睛还没有睁开，大概才三四天大吧。如果再弃置几小时，肯定会陷入生死关头。本田看到纸箱，下定决心。

“可以让我照顾吗？”

“不能全部依赖市民义工。只要设法安排时间，是不是也能在执行公务的同时拯救小猫？”本田这么想，并把装小猫的笼子摆在办公桌旁，开始照顾。

照顾断奶前的小猫时，最必须留意的是体温调节。用毛巾包裹装了热水的塑料瓶放在笼子里，以免笼子里的温度下降。才刚出生几天的小猫没有力气吸奶，必须用导管把奶注入口中才行。它们也无法自已排泄，所以必须帮忙刺激排泄。

在单位照顾到傍晚，再开车带回家。回家第一件事就是照顾小猫。人吃完饭、洗完澡后，又到了下一轮喂奶时间。由于假日也无法暂停照顾，所以不能出远门。

对于未断奶小猫的照顾，从早上 6：00 一直到深夜 0：00，持续了约一个月之久。然后开始可以一天分成三四次吃离乳食品后，才总算不需要那么辛苦了。猫咪可能是因为在成长期间每天都坐车移动，而且经常与许多人接触，所以一点都不怕生。亲人的小猫咪在认养会上也非常受到参观者的青睐。

“这只小猫会自己伸手邀你玩哦。”

“超可爱的！”

这些猫咪因为从来没有被人类凶恶地对待，可以尽情展现自己的个性。性情如此大方开朗的猫，不管被谁收养，都会变成受人疼爱的家猫吧!

2007 年，熊本市动物爱护中心拯救并被领养的猫有一百七十八只之多，生存率超过了百分之三十。

照顾小猫的时候，由于长期的睡眠不足，有时也会感到疲倦，即使如此，看到小猫元气十足地成长的幸福模样，本田觉得一切都值得了。

如果没有以西为中心的市民义工，本田身为职员，也不可能得到如此充实的经验。同时并非兽医这类专家的自己也能参与直接救助动物的工作，这让他觉得开心极了。

后来本田也继续带猫通勤。春秋两季的繁殖旺季，有时他也会一次照顾六到七只猫。很快地，本田在单位得到了“猫班长”的绰号。

第十三回

再也没有比这更有趣的工作了

第十三話

こぎゃん面白か仕事は、
めったになか！

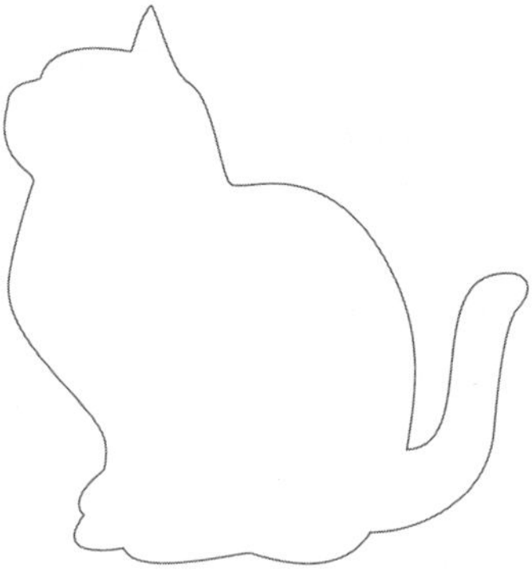

"我还能在这个单位工作多久？"

松本充史在动物爱护中心任职后，即将迎接第七个年头的春天时，他开始萌生这样的想法。他已经在这里待得够久了，随时都有可能收到调职令。他明白需要公务兽医的地方不只有动物爱护中心一处，而且为了累积公务员的资历，也需要各种单位的历练。可是不想离开这个单位的心情却是与日俱增。

狗的扑杀日渐减少，然而猫的方面，问题却依然堆积如山。

被中心收容的小猫，由于暂时托给市民义工照顾，或是由职员带猫通勤，与以前相比，生存率提高了许多。可是分析有许多小猫被收容的根本原因，就知道状况几乎没有改善。这些被收容的猫，绝大多数都是没有饲主的猫，也就是流浪猫生的小猫。

而流浪猫对市民来说也是一大困扰。

流浪猫会在庭院便溺，乱挖树木或花圃，还会抓伤车子。

动物爱护中心收到的申诉近七成都与猫有关。如果知道饲主是谁，就可以讨论饲养方法，解决问题。但是由于大部分都是流浪猫造成的损害，找不到一个彻底的解决之道。

“一堆野猫赖在我家院子里，把庭院搞得乱七八糟！快点来把它们抓走！”

经常有民众因为流浪猫聚集在自家周围，造成困扰而通报中心。可是公家机关无法前往捕捉。理由之一是法律问题。狗的话，可以依据狂犬病预防法加以捕捉，但猫不在狂犬病预防法的适用对象之内。

接到抗议申诉时，职员能够做的顶多是给予建议，教他们如何避免流浪猫聚集。唯一具体的对策是设置一种会发出猫讨厌的超音波的机器。为了让市民确认效果，只要提出申请，中心可以出租机器两个星期，提供试用。使用者有近八成都说“猫比较少来了”，因此有一定的效果。可是这也只是让猫迁移到其他场所，并不是治本之道。

让流浪猫问题变得更加复杂的，是有人会喂养它们。

自己没办法养猫，可是想要喂养猫咪，以免它们在街头挨饿。这些人出于这样的想法，在流浪猫聚集处放置食物，结果引来更多的流浪猫，让邻近住户蒙受其害。职员详细询问申诉的民众后，发现他们气的其实不是流浪猫，而是那些喂养流浪猫的人。

而且意外地有许多人不知道，猫的繁殖能力非常强。猫是诱发性排卵动物，一旦交配，就会受到刺激而排卵。也就是说，健康的猫只要交配，几乎百分之一百会受精。

如果顺其自然，一年可以生产两三次，流浪猫数量一眨眼就会暴增，使得当地的受害程度更加严重。而难得诞生在世上的小猫，大部分也都被民众送到行政机构，结束其短暂的一生。

这类流浪猫问题，不只是熊本市一地才有，全国都市化的地区，每个地方都面临着相同的问题。过去有许多流浪狗的时代，猫的数量并不多，而且如果把狗饲养在屋外，猫也不容易聚集到庭院来。住宅区的流浪猫会突然暴增，与这十几年间狗的饲养环境的戏剧性转变也有密切的关系。

为了不让流浪猫增加，进行绝育手术是最有效的做法。捕捉居住在当地的猫，进行绝育手术之后再放回该地，这样一来就不会增加不幸的小生命，也可以保住现在活着的生命。这种方法被称作TNR，也就是Trap（诱捕）、Neuter（绝育）、Return（释放），在日本及其他国家，有许多动物保护团体和个人会进行这样的活动。

随着中心的狗扑杀数量减少，松本也开始强烈地感觉自己下一个应该解决的是流浪猫问题。

如果TNR活动扩散到各地，不仅可以减少民众的申诉，也可以切实减少被扑杀的小猫数量。能不能让这样的活动在熊本市普及开来呢？

松本一开始想到的方法是与因为申诉而来访的当地居民及自治会合作。TNR活动如果没有当地居民的协助，很难实现。如果不能掌握流浪猫聚集的场所，也很难决定捕猫笼设置的地点。抓到流浪猫之后，就带去动物医院进行绝育手术，然后再放回捕捉的地区。就像这样，一只只地进行绝育。虽然是必须脚踏实地一步步来的工作，但为了避免当地的流浪猫继续增加，这是目前最妥当的办法。

松本挑选了几个町和社区。这些地方过去多次有民众反映流浪猫问题。松本立刻前往当地，向当地居民及自治会成员说明TNR活动。除了一部分极端厌恶猫的人以外，大部分的人都对通过绝育手术，避免猫的数量继续增加的方案表示同意。可是松本一说明具体的做法，就遭到了强烈的否定。

“那谁来做啊？”

“谁要帮公家机关做免费工啊！”

“民众都说困扰了，政府居然叫我们自己解决吗?！”

“就是我们自己无法解决，才会找公家机关商量，结果怎么麻烦却落到自己头上来？”

民众纷纷提出不满，完全不肯听松本的建议。

“有空讲这些有的没的，怎么不去警告那些喂猫的人？那是公家机关的工作吧！”

自治会会长举出喂食流浪猫的居民名字。

松本已经和其中几名喂食者接触过了。可是被会长再次提出，他无话反驳。“请不要喂食流浪猫！”——松本才刚开口，就遭到对方强烈的反驳——“你是要让猫饿死吗？”几乎无法沟通。其中也有人因此选择更不容易被人看到的时间喂食，变得更难以沟通，陷入恶性循环。

申诉的人、制造申诉原因的人，松本两边都无法说动，完全陷入瓶颈。

行政单位与市民合作，共同解决流浪猫问题，难道这只是理想吗？难道就没有成功的例子吗？松本这么想，调查全国各地的案例，发现有几个地方正以友善街猫活动等名称，推动市民与行政单位的合作事业。其中东京都新宿区与神奈川县横滨市正长年持续进行这项活动。

在不可能有当地传统社群的大都会里，要怎么样才能推动需要许多居民参与的活动呢？

此时熊本市正在实施职员的进修补助项目。除了所属单位和针对各职位举办的研修以外，各职员可以配合实际需要进行申请，如果目的及内容获得认可，就会补助进修费用。

想要亲眼看看友善街猫活动的现场。

松本的申请通过，他与同事兽医德岛崇弘一起拜访当地。

新宿区公所第二办公处位于花园神社旁。花园神社位于以日本首屈一指的繁华闹市区闻名的新宿歌舞伎町附近，自古以来就被视为该地的守护神社，受到当地人尊崇。

“还在争论喜欢猫还是讨厌猫的阶段，是无法解决问题的。”

在第二办公处三楼迎接松本与德岛的，是新宿区保健所卫生课管理科的高木优治。他是宠物相关业务窗口的负责人，长年处理居民的申诉与咨询，是动物行政的资深职员了。

新宿区展开“街猫对策”是2001年的事。原本是应东京都的要求，作为行政单位与居民的合作事业模范计划的一环而展开的活动。可是当初设定只进行三年。高木认为地区活动如果不能长久持续就没有意义，在期限结束后的2004年后，仍在区内的NPO（非营利组织）团体及居民义工协助下，由新宿区自行继续推动活动。

高木的基本态度是要尽量前往现场。因为要与居民讨论和日常生活密切相关的猫狗问题，如果不去到实际发生问题的地点，根本无从开始。而发生问题的地点，也隐藏着推动地区活动的绝佳机会。

松本也有同样的想法，可是他完全不知道下一步该采取什么样的行动才好。

“参加街猫对策活动的人，不一定要志同道合。所以我在与居民讨论的时候，会特别尊重彼此不同的立场，避免让讨论流于喜欢猫还是讨厌猫的无意义争论，并且设法营造出让每个人都能提出可行方案的气氛。”

高木强调的是，关于街猫，行政单位的主要角色在于沟通联系。

发生流浪猫问题的地区，都存在着喂食流浪猫的人与蒙受其害的人这种对立关系。行政单位介入两者之间，聆听双方的说辞，然后展开行动。

透过这样的过程，提议喂食流浪猫的人遵守一些规则。内容主要包括:①固定时间;②固定地点;③清扫环境;④进行绝育手术。只要喂食的人能够确实遵守这些条件，说服双方意外地并不困难。

通过遵守规则，想要喂食流浪猫的人可以光明正大地照顾猫咪。这个时候重要的是，必须确实告知当地居民喂食活动的规则。由公家单位居中提出具体方案，比较容易获得蒙受困扰的居民的同意，而且当地也能得到有人定期清扫环境的好处。尤其只是请自治会会长透过联络簿或公告栏告知居民该区已经允许喂食流浪猫，就有可能解决长年以来的当地流浪猫问题。高木详细说明这些。

为了让双方更进一步体认到这些好处，高木会推动更进一步的方案。

“我会建议喂食的人选择大家都看得到的时间来喂猫和打扫。很多人都是因为害怕邻近住户抗议，才会选择清晨或半夜偷偷摸摸喂食，可是那个样子，没有人会注意到。除非被人看到，获得认同，否则无法成为当地的活动。我会像这样说明。”

而听从高木的建议改变喂食时间段的人，得到了前所未有的体验。

“平常都谢谢你们啦——”

他们喂食猫咪、打扫环境时，开始得到邻近居民的感谢。只要彼此招呼寒暄，自然就会产生对话。其中也有人找他们商量家猫的饲养方法和维持健康的方法。

原本只是受人嫌恶的一群人，现在却获得认同，成为对当地有所贡献的人，过去从来没有人想象得到这种令人开心的逆转现象。同时，这也可以促进当地社群的活性化。

“只要建立起良好的关系，并配合绝育手术的实施，也容易募到手术费和饲料费等费用。也有些町会在当地祭典或商店街活动时举办跳蚤市场，或是协助募款。”

听到高木的说明后，松本与德岛前往在区内进行活动的地区。参加活动的有餐饮店和事务所老板、邻近公寓或独栋住宅的居民，年龄层也从年轻母亲到高龄者都有，相当广泛。从他们的样子，可以看出高木在这里赢得的信赖，已经超越了公务人员的范畴。

在大都会之中深深扎根于当地社区推行活动的高木，让松本深受震撼。而区内不幸地被扑杀的小猫数目也确实减少了。在东京，所有的动物都由东京都动物保护咨询中心处理，展开街猫对策的 2001 年，新宿区内收容的小猫数目为两百七十八只。但是在松本拜访的 2007 年，已经减少为六十七只了(根据最新数据2010年为十七只)。

这完全只是收容数目，考虑到被认养的概率，扑杀的数目比这更少。如果照这样持续减少，新宿区内不幸的猫咪可以说是接近零。

这种能够切身体会的成果似乎也激励了参加者。端视公务员的努力，居民能够确实得到幸福与满足。这个事实令松本感动极了。

动物行政还有许多潜在的可能性。再也没有比这更有趣的工作了！

松本不认为新宿区的做法能直接移植过来。可是他已经了解到基本的方法，也打算开始面对熊本市的流浪猫问题。为了能够确实执行，他想要能够没有后顾之忧地在动物行政现场工作。

松本回到熊本后，立刻向上司提出调动延期申请。随申请书附上了热忱十足的报告，申请很快地就被受理了。

第十四回

一时冲动购买宠物，太要不得了

第十四話

衝動買いなんか、
とんでもなかっ！

熊本市水前寺的熊本自行车竞赛场对面有家宠物店。

店里有一名女子正抱起一只小狗。这是宠物店里常见的情景。就是这只狗了。看到客人的表情，店长田中阳子在绝妙的时机开口说："您决定要这一只了吗？"

女子点头后，田中以恭敬的语气继续说下去："那么可以请您每天过来看看它一段时间吗？最好是全家人一起。"

抱着小狗的女子表情沉了下来："不能今天就带回去吗？"

"如果要饲养动物，就必须能照顾它一辈子。因为需要一些准备和说明，我们店里是这样规定的。"

养狗的决定，全家人都赞成吗？预定饲养在什么样的环境？主要由谁来照顾？田中问了几个问题，结果女人一会儿就放下小狗回去了。

如果只考虑到店里的收益，这应该是错误的做法吧。可是这关系到一条生命，如此郑重其事也是理所当然的。田中正式投入宠物业以后，才发现自己的想法在业界里是极少数的异类。

这家宠物店是从父亲那一代开始经营的。自行车比赛举行日的情景，对田中来说是孩提时代的回忆之一。

比赛结束之后，店里就会一下子热闹起来。在比赛中赌赢而一下子变得手头阔绰的人或是带着相好的酒店小姐的男人会来店里看猫狗。

“我要买一只回去给家人当礼物。”

“我要送人，这里有现在流行的那种狗吗？”

每次碰上这种客人，田中的父亲都会把他们全部赶回去。

也有些人动怒，说没看过生意人这么凶的，撂下狠话离去。有时候还会发生一些小冲突，即使如此，父亲依然不改那坚毅的态度。

“一时冲动购买宠物，太要不得了！”

对于看着这样的父亲长大的田中来说，买卖动物的工作理所当然是费时又费力的。清爽的短发与西装外套搭配得宜，呈现出一种自然风格的田中继承店面后，除了宠物店以外，还开设宠物美容沙龙及学校，学校方面由她担任校长兼讲师，致力于培育人才。

有客人上门想要买猫狗的时候，田中都会说明照顾动物一辈子的辛苦和责任，并提出几个深入的问题，像是家族成员、居家环境、希望饲养什么样的犬种、饲养环境等，并且再三确认客人是否真有照顾动物一辈子的意志。

接下来她才会联络合作的繁殖业者，调来照片和影片等资料。让客人看过之后，再联络讨论好几次。当小猫或小狗送来时，即使客人取消订单，田中的宠物店也会负责照顾动物一辈子。

即使总算见到动物，客人也还无法成为正式的饲主。为了让客人熟悉如何与动物相处，会请他们到店里十天至两星期。最好是全家人一起来，这个时候，田中会针对饲养方法、管教方法、犬种或个体的特征、注意事项等让客人询问或商量。这时动物取好名字，也开始亲近饲主了。一些热心的饲主有时候会在宠物店里待上大半天，但田中非常欢迎这样的情形。

到了这个阶段，双方也会发展出超越宠物店老板和客人的信赖关系。有时候从客人第一次上门，到最后猫狗去到客人家，要花上将近一个月之久。

由于有这样的过程，很少会发生“卖出去就结束了”的情形。如果健康管理或管教上有问题，饲主可以轻松上门讨教。这样一来，也会顺便购买饲料、宠物垫、牵绳等饲养上必需的道具，或是利用美容沙龙。附带一提，初次上门的客人，几乎都是客人介绍来的。

田中的店，只要卖出去的动物还活着，就会与顾客一直交流下去。有时候也会暂时替生病住院的饲主照顾宠物。虽然会收取必要经费，但为了让主人能够放心疗养，田中的店不限制代为照顾的时间。

这一切都是为了避免增加不幸的生命。这就是田中经营的宠物店。

熊本市动物爱护促进协议会成立几个月前，2001 年的秋天，熊本市动物爱护中心第一次联络了田中。

“可以请你以动物业者的身份担任主要成员吗？”

田中完全无法想象要做些什么事，但是只要能减少不幸的生命，她想要贡献一己之力。田中抱着这样的心情，与同样是宠物业老板的石原幸美、高士加代子一起参加协议会活动。

然而实际出席会议时，她却心生怯意了。

她们真的可以待在这种地方吗？

石原和高士也都同样隐约怀抱着不安。

看看其他参加的成员，不是在动物界有着不动如山地位的兽医协会会长及会员，就是长年投入动物保护活动的义工团体代表及工作人员，都是些在动物保护领域拥有丰富资历的人。像副会长西川，不只是投入当地的启发活动，甚至还在阪神淡路大地震等灾难时前往当地救援受灾动物。

相较之下，田中、石原和高士等人都是第一次参加正式的动物保护活动。而且社会对于动物业者的看法也令她们耿耿于怀。

在这个业界，虽然也有具备良心、拥有崇高信念的宠物店及繁殖业者，但确实也存在着只把动物当成生财道具看待的恶劣业者。为了获利，轻率贩卖的情形屡见不鲜，大量繁殖流行犬种，把卖剩的动物送进行政机构扑杀的例子也层出不穷。

从某个意义上说，指责宠物业界增加了不负责任的饲主并没有错。因此，宠物店和繁殖业者的一般形象绝对不能说是正面的。

田中等三人从来没有把动物当成生财道具看待。她们总是感受着生命的重量，认为这份工作就是应该让客人了解到这一点。可是碰到外人对全体业界的批判时，她们却也无从反驳。

当然，她们并没有被协议会的成员那样中伤过。

即使如此，三人还是感觉得到：在动物保护的世界里，把生命拿来买卖的动物业者差不多就等于坏人。她们知道是自己太多心了。但是好几年之间，三人还是摆脱不了那种如坐针毡的感觉。

在宠物业界工作的自己，能对协议会有什么贡献？不管怎么摸索都找不到方向，令人煎熬。所以即使参加会议，她们也不敢发表意见。她们想要至少在成员提议的活动中尽一份力量，但活动日几乎都在周末，身为店主，实在没办法把店关了跑去参加。一想到自己连人力都无法提供，三人更加沮丧了。

“我们参加协议会到底有什么意义？”石原半带叹息地说，田中和高士也无话可答。可是如果这时候离开协议会，就更没有意义了。三人这么想，彼此勉励，继续摸索为动物保护做贡献的方法。

在松田光太郎接下协议会会长职务后两年的 2007 年初，三人总算发起了行动。协议会的活动愈来愈热络，成员经常讨论到深夜，将提出的点子化为具体方案。那种如坐针毡的感觉虽然并未完全消失，但三人确实感觉到与成员的距离拉近了。

在这当中，三人也渐渐看出宠物业界缺少的是什么了——最主要的就是信息。

在宠物店或宠物美容沙龙工作的人，大部分都是因为喜欢猫狗才踏进这行的。他们总是希望自己的工作能让动物更受主人疼爱，主人也能从动物身上感受到喜悦和抚慰。

可是其中也有不少在无意间让动物陷入不幸的情形。

这种狗很容易教，很好养哦——

不同品种的狗，其个性和特质都不尽相同，容不容易饲养，也依饲主的喜好、生活形态和居住环境而不同。也就是说，世上并没有对任何人来说都容易饲养的狗，然而宠物店的店员却经常使用这种推销话术。店员并没有恶意，也不是有意为之，然而这确实造成了冲动购买的后果。

如果老板或前辈店员都采取这种贩卖手法，新人也很难去质疑。身为从事买卖生命工作的人，确实不能用不知道来作为遁词；话虽如此，在宠物店工作的人，却也几乎没有渠道和机会去获知如何才能避免让动物遭遇不幸。

这就是宠物业界当前的状况。

田中等三人思考过她们没有力量去改变所谓恶德业者的想法。可是她们想要设法遏止由于缺乏知识而增加不幸动物的情形，而且应该一定有法子才对。

“对于减少扑杀，我们有一些想法。”

田中在例会上提议举办研习会，让宠物业者对动物保护做出思考。她们想要规划的内容，不仅可以让从业者加深身为动物专业人士的知识，还能提供讯息以提升业界整体的保护意识。

田中、石原及高士三人不打算让这场研习会举办一场就结束了。她们计划设立一个组织，以动物保护活动为基础，让宠物业界人士可以交换信息。应该有不少人会对这份与生命有关的工作感到骄傲。她们着手征集赞同者，准备以提升业界水平为目标。

“你们想要在什么时候、以什么样的内容举办研习会？”

田中大致说明完毕后，首先是会长松田开口问。

“细节接下来才拟定……”

田中说不下去了。

方针虽然确定了，但研习会的主题、会场、设备、执行方法等具体内容几乎全是白纸状态。石原和高士也都低下头来。

会议室里一阵沉默。接着松田清亮的声音打破了沉默：“要举办研习会的话，就得请讲师才行。如果需要，兽医协会可以提供协助，请尽管开口。”

松田答应以协议会会长及兽医的身份提供全面协助。

政府单位与兽医协会，还有宠物店等动物业者大半都会维持着水火不容的关系，陷入胶着状态。若是其中再加入动物保护团体，紧张状态更是日益加剧。然而在熊本市这里，不同立场的人却建立起彼此协助的关系。这让松田感受到他们的协议会实力有多么深厚。

正因为如此，过去一直没有机会让动物业者成员站在中心活跃，这让身为会长的松田一直挂虑。所以这个提议，令松田既安心又开心。

众人立刻着手准备第一届研习会。

组织名称确定为“熊本宠物产业顾问委员会”，昵称是PIACK，即 Pet Industry Advisory Committee of Kumamoto 的简写。组织的基本原则有三大项：①爱护动物，珍爱生命；②打造人与动物和谐共存的社会；③为动物的福祉尽一份心力。

他们想要透过召集赞同这三大理念的宠物店和宠物美容沙龙老板及从业人员，来提升当地宠物业界的水平。

“一开始的门槛最好设得低一些，然后一一克服问题，来提升业界水平吧。”

在松田的建议下，三人把第一届研习会的主题集中在两项上：一是何谓动物爱护管理法，二是宠物店的消毒工作。

在管理许多动物的场所，疾病的发生是极令人害怕的情形之一。为了预防传染病发生，适切的消毒非常重要，但业界里也有不少店铺只是简单清扫，草草了事。有些是出于老板的怠慢，但也有些是因为工作人员对于动物特有的传染病或人畜共通传染病没有正确的知识所致。

松田说学术方面的内容他可以全面提供协助，在他的帮忙下，兽医协会派遣讲师到研习会进行讲解。《动物爱护管理法》的解说则由动物爱护中心的职员负责。至于会场，在所长中间幸弘的安排下，借到了熊本市政府的会议室。当天的会场服务台和主持工作，则由活动经验丰富的副会长西川等动物保护团体成员接手。

三人立刻将有往来的宠物店及宠物美容沙龙、繁殖业者列入名单，寄出邀请函，让他们免费参加。由于确认出席与否在时间上很难掌控，因此刻意不附上回条。很快地，研习会举行的消息透过口耳相传在业界传播开来。一开始设想的规模是五十名从业者参加，但响应的人数远超过预定人数。

“看这情况，可能会来近百人。现在申请的话，还可以借到大会议厅。”

中间提议变更会场，但田中一直犹豫到期限将至。

难得有人愿意出席，她绝对想要避免谢绝入场的状况。可是如果准备了可以容纳一百五十人以上的场地，结果来的人连一半也不到的话……

2008 年 2 月，研习会举办当天。

在大会议厅布置好会场后，田中等三人在开场前几分钟，把现场交给西川等义工，躲到市政府内的咖啡区。她们认为自己身为主办者，没必要出风头。

开始受理登记后十分钟。

“会场不晓得怎么样了。”

“现在也只能等了。”

“是啊，没事的啦！可是大家真的愿意来吗？”

田中与石原、高士手里拿着纸杯，一会儿不安，一会儿乐观。熊本的宠物业界今后将会如何，答案立刻就要揭晓了。总之现在只能怀着祈祷的心情等待研习会开始。

开场后三十分钟，研习会即将开始。三人回到会场的楼层，悄悄打开会议厅后方的门。

映入眼帘的是迫不及待想要听讲的参加者的背影。随便一看，就有一百人以上。根据最后计算的结果，出席者超过一百三十名，远远超出预期。不只是县内，连福冈、宫崎，甚至是大阪，都有宠物店人员前来参加。

大家都对信息求知若渴。

从这场研习会后，PIACK便成为动物爱护促进协议会的定期会议，每年举办大规模的研习会。赞成PIACK理念的会员也年年增加，其中也有一些宠物店老板积极为动物爱护中心的认养活动做宣传。

当然，田中的店也在门口醒目的地方张贴附有照片的待认养猫狗海报。

一天，一对老年夫妇来访田中的店。

“我们想要养小狗，可是最近的狗不是都很长寿吗？考虑到我们的年纪，我们担心可能没办法照顾它一辈子……”

自己目前的健康状况没有问题，可是想想狗会活上近十五年，实在不敢保证自己能负责到最后一刻。考虑到年纪，自己是不是该放弃养狗的念头？老年夫妇提出这样的疑虑。

能考虑到这种地步的人绝对可以信任。田中这么想，把认养活动的传单交给他们。

“如果两位对养小狗感到不安，考虑领养成犬怎么样？动物爱护中心有许多狗正在等待新主人，每星期都会举办认养活动，请两位务必去看看。”

“原来有这样的活动啊！”

“如果是还有七八年可活的狗，或许就不用给身边的人添麻烦了。”

夫妇俩慎重地把传单收进皮包离开了。

田中不认为自己错失了一个生意机会。只要世上好好照顾宠物的饲主不断增加，而自己持续提供优质的商品和信息，自然可以得到回馈。

开始进行 PIACK 的活动以后，这种感觉更强烈了。

第十五回

这么可爱的狗，怎么会被人弃养呢？

第十五話

こぎゃんかわいか犬が、
なぜ捨てられとったの？

2009年4月。

熊本市动物爱护中心加入了令人怀念的脸孔。以前在这个单位担任现场主任大展身手的松崎正吉，以所长的身份重新回来了。

松崎走马上任，看到完全改头换面的动物管理区，大吃一惊。

早晨的清扫工作开始后，狗便系上牵绳，被带出管理区。和职员一同奔跑的狗，与自己过去在这里工作时看到的狗相比，健康许多而且精力充沛，完全是天壤之别。

“在犬舍里也是系起来管理。”

听到作业长冈崎浩久的说明，松崎立刻理解了这个做法的意图。

只要个别照顾，就可以随时掌握狗的健康状态、个性和个别状况。这种管理方法，即使说是松崎从担任现场主任时就一直想要实现的夙愿也不夸张。虽然没办法做到像一般家庭那样饲养，但他一直想要在接近独房的环境里照顾它们，让动物处于身心压力最小的状态。松崎想过各种方法，但怎么样都无法解决预算问题，只能放弃。

然而这个目标现在在设备几乎没有变动的状况下实现了。

水泥墙上安装了用来系牵绳的钩子。工具区墙上的锁链和狗绳整理得井井有条，随时可以配合狗的体格拿到需要的工具。仔细一看，办公室前面的水泥墙上也设了几个钩子。职员会判断何时让狗处在亲近人类的环境比较好，会根据狗的状态选择系留地点。这些全是在有限的预算下，主要靠着冈崎和栉岛孝不惜持续付出的劳力和脑力取得的成果。

原来有这样的方法！

想到过去受限于预算不足而裹足不前的自己，松崎不由得感到惭愧。

“我们并没有做什么了不起的事。”

这么说的栉岛，其实是狗方面的专家，而且他是主动申请调来这个单位的，听到这件事时，松崎惊讶极了。过去这个单位充满了心灰意懒的氛围，他根本无法想象会有人愿意过来这里。现在和那个时候完全不同了。他可以感受到，这里已经成了一个职员可以对自己的工作满怀骄傲的单位。

另一个令松崎感到新鲜的是公布在犬舍前面的收容犬资料。五年前依然有许多狗被扑杀，那时根本没想过要帮狗取名字。现在却用 A4 纸大小的牌子，分别附上照片，介绍性别、大致年龄、性格等特征。照片有脸部特写、全身照、剪贴照等，布置得琳琅满目，看得出中心想要向领养者展示每只狗的个性与魅力的热忱。

动物爱护中心专用的白色厢型车开进停车场了。接到市民通报说有流浪狗，出去捕狗的职员回来了。

从笼子里出来的是一只中型的日本犬系混种狗，淡褐色与白色相间。

“没有名牌吗？”

松崎问，职员检查狗的项圈后，遗憾地点点头说：“很少看到狗会戴名牌。”

另一个职员拿着数码相机站在狗的前方按下快门。他是为了把资料公布在熊本市官网内的专属单元“您的狗走失了吗？”。为了便于辨识身体特征，职员拍摄狗的脸部特写、体毛颜色和花纹以及尾巴形状等。由于收容日期和地点等信息也会直接从办公室的计算机一起更新上去，上午被收容到中心的狗的资料在当天傍晚就会出现在网站上，而下午收容的狗的资料最晚隔天早上就会出现在网站上。

狗虽然有些害怕，但用亲善的表情仰望着职员。此时一个职员发出惊叫：“这只狗是从这里被领养的狗！”

众人的视线全都集中到一处。走到狗旁边的是两年前以约聘员工身份开始在中心工作的野美山泉美。

“我记得是在一年多以前被人领养的。应该花了三个月才被领养。饲主的住址是……”

回到办公室调阅资料后，野美山说的町名，约一年前的确有畜犬登记记录。职员立刻打电话给饲主。

“府上养的狗是不是走失了？”

“狗绳松掉了，一早就没看到它的踪影，我们正想联络你们呢。”

突然接到公家机关的电话，饲主吓了一跳。

“你们怎么知道是它？”

松崎也觉得疑惑。

他听到制作收容犬介绍板的是野美山，便恍然大悟了。可是从这里被认养的狗，现在一年有将近二百五十只。如果是外表特征十足的狗也就罢了，但中型的日本犬系混种狗，可以说是收容在这里的狗里面最常见的一种。即使如此，在狗被领养超过一年之后，野美山居然还认得出来。这可以说是这个单位的人员的特殊技能了。

野美山的工作和业务职一样，主要负责动物管理区。她一早的工作从清扫犬舍开始。把狗移动到户外，喂完饲料后，个别照顾有需要的狗。她会特别花时间照顾的，是体毛梳理需要技术和时间的犬种。贵宾犬、马尔济斯、西施犬、博美犬、美国可卡犬等都是毛会不断变长的狗，必须定期修剪。此外，长毛的腊肠狗等也需要细心的清洗和梳理。这些犬种普遍受到欢迎，但在市内变成弃犬被收容的例子逐年增加。

原因之一是经济不景气带来的倒闭潮与失业潮。有的因饲主突然搬家而被弃养，有时候还有些狗被孤零零地抛在主人趁夜潜逃后空无一人的住宅里。如果饲主生活陷入困顿，动物也很难获得妥善的照顾。这些受欢迎的犬种一旦被弃养，大多时候被收容时的模样都会凄惨到家。

野美山一边对着这些被弃养的狗说话，一边为它们梳理或修剪体毛，以展现出它们原本的美丽可爱。不管狗的身体再健康、个性再温和，如果外表像烂拖把，是不会有人想要亲近的。为了让被收容的狗顺利被领养，野美山认为帮狗打理出一个出众的外表也是很重要的。

可是与过多的收容数目相对照，拥有修剪技术的职员却只有野美山一人。有时候冈崎和栉岛不忍心让她一个人忙，也会帮忙修剪，可是会剪出左右耳朵毛发不等长或是脸周毛发参差不齐的模样。虽然是尽心尽力地去修剪，但剪出来的模样和野美山亲手打理出来的，还是有着云泥之别。

“不好意思！把你剪得这么丑……”

冈崎和栉岛向修剪台上的狗道歉，沮丧地垮下肩膀。

松崎看到这种情况，认为必须尽快增加技术人员。或许是觉得与大型犬不同，小型犬可以轻松地一次饲养许多只，所以一次弃养经常会造成四五只小型犬流浪街头的状况。如果这种情况一个月来上两次，事情就不得了了。要照顾这些狗，至少还需要两三名职员。

幸而这年熊本市推出紧急雇佣政策，允许各单位根据需要，雇用失业的一般民众作为临时员工。松崎立刻利用这个制度，招募具有动物看护及美容师资格的人才。虽然是只有六个月的短期工作，但三名的缺额有将近三十人来应征。其中有许多都是年轻人，希望把在动物专门学校学到的技术活用在工作上。在激烈的竞争中，这些人参加了书面审核及面试。

宠物美容师吉本爱就是像这样被录取的职员之一。

吉本从专门学校毕业后，曾经在宠物美容沙龙工作。她知道自己居住的地方有动物爱护中心，可是她第一次实际到访，是在以临时员工身份被录取之后。

刚上班没多久，她便在动物管理区碰到当天刚被收容的狗。

“我要洗这只狗？”

吉本那双浑圆大眼瞪得更圆了。不管是在专门学校的实习还是宠物沙龙，她都从来没有看过这种狗。毕竟眼前那团东西甚至让她看不出是一只狗。那是一团直径约四十厘米的毛球，仔细一看，那团毛球正在呼吸。吉本会知道那是一只狗，是因为前辈职员告诉她那是狗。

任意生长的体毛上沾满了粪尿、泥巴以及其他含有水分及油分的污垢。完全看不出原本颜色的体毛中，只见跳蚤密密麻麻地爬来爬去。

吉本原本以为自己已经做好心理准备了，然而这惨不忍睹的模样还是令她几乎却步。

狗的肚子上的体毛包裹着一层又一层的污物，形成一颗颗巨大的毛球垂挂在那儿。由于就像经压缩的毛毡般硬邦邦的，别说是体形了，连哪里是脚都看不出来。当然也不可能辨识出犬种。吉本的脑中瞬间浮现西施犬这个犬种，但她毫无自信。

“要怎么样才能弄得这么脏……”

与吉本同时被录取，同样是宠物美容师的中村由纪也哑然失声。

“我从来没有剪过这么惨的狗。”

看到新人们怔怔地站在原地，栉岛伸出援手。

三名员工围在搬到户外的美容台旁，用剪刀把脏到让人不敢用手去摸的毛给剪下来。可是变成硬邦邦毛毡的巨大毛球根本剪不动。明明是剪毛专用的剪刀，却完全应付不来。这种在专门学校和美容沙龙根本不可能碰上的状况，令吉本和中村完全愣住了。

可是因为两人本来就很爱狗，她们很快就习惯了这个状况。

收容狗安分乖巧地坐在美容台上，就像在配合正几毫米几毫米地剪除体毛并小心翼翼地避免伤到狗的皮肤的职员一样。

“它好乖，真聪明。”

“我们会把你弄干净，再忍耐一会儿哦。”

吉本和中村一边温柔地对狗说话，一边继续剪毛。

又脏又硬的体毛在狗的体外结成了好几厘米厚的毛层。三人不断地修剪，几个小时以后，这只狗裹在身上的坚硬体毛总算显现出分离的征兆了。四肢的根部等形状复杂的部位需要剪得特别小心。然后毛毡状的毛维持着原本的形状，就像脱下铠甲般一下子被剥离了。

脱去这一层体毛后，底下出现的是比收容时小上两圈的小狗。从脸的形状，还有粉红色的皮肤上仅剩的一层薄薄的白毛，看得出应该是西施犬。

大概是知道作业结束了，狗忽然从美容台上站起来，用力抖动身子。把它放到地上后，它便忽然精力十足地跑了起来。

“原来是重到动不了啊……”

栉岛手上拿着沉甸甸的毛毡状“铠甲”。

因为皮毛脏得可怕，所以原本大家都很担心它的健康状态，但看来似乎没有传染病或是线虫等严重的疾病。性格也很亲人，作为家庭宠物犬，看不出任何问题。为它洗过澡，维持每天的皮肤清洁后，漂亮的新毛很快就长出来了。

长毛犬种根据修剪的方式，给人的印象会大不相同。在沙龙，都是依饲主的喜好来修剪，而一般受欢迎的剪法是把脸周修得圆圆的。强调浑圆的眼睛也很重要，只要掌握这些要点，就可以让它们看起来可爱得像换了一只狗。

几个月后，这只狗被人认养了。

“这么可爱的狗，怎么会被人弃养呢？”

新的饲主把脸颊凑近新的爱犬，怎么也无法想象它刚被收容时那令人不忍直视的毛“铠甲”。

怎么会变成这副模样?

每次看到被收容时模样令人不忍直视的狗，野美山、吉本和中村就禁不住疑惑。可是每一只狗都一定能等到良缘。三人期待着那一天，更加努力地为狗打理外表。

第十六回

动物爱护中心是熊本的骄傲

第十六話

動物愛護センターは
熊本の誇りたい！

想要在熊本市推动街猫活动。

松本充史怀着这样的想法，与同事兽医德岛崇弘一起去研修回来后，以东京新宿区的成功例子作为模板，开始向居民开展宣传。

他们拜访曾经申诉流浪猫问题的地区，询问状况，与当地居民携手合作，推行活动。当然，问题不是拜访个一两次就可以解决的。然而符合的地区超乎想象的多，光靠中心的职员，实在无法全面顾及。

此时协议会的成员自告奋勇。他们分派人手负责各个地区，担任街猫问题的咨询员，聆听居民的烦恼和希望。在他们的协助下，松本和德岛才能够专注地应对问题规模较大而且较复杂的地区。

进入新年度以后，松本得到了新的伙伴，即与所长松崎一样在2009年春天调到熊本市动物爱护中心的兽医后藤隆一郎。

后藤是大分县竹田市人，老家的祖父母饲养牛马和鸡，小时候身边总是有动物陪伴。初三时，他养了十三年的爱犬过世，这让他开始强烈意识到兽医这个职业的重要性。生命在眼前消逝的体验令他大受冲击，这成了他矢志成为兽医的契机，后来他进入北里大学兽医系。

“将来我应该会成为在动物医院工作的临床兽医。”后藤原本模糊地这么想，然而实际结束在动物医院的实习后，他却觉得哪里不太对。在诊所，每天都有许多猫狗被饲主带来，进行疫苗注射和定期健康检查。如果检查出动物有疾病，就进行适切的治疗与处置。动物医院是被饲主疼爱的幸福动物聚集的地方。自己在实习中看到的，应该只是广阔世界中的一小部分动物而已吧！他有了这样的印象。

与之形成对照的是在外科实习中看到的实验动物。这个制度现在已经被废止了。但当时，在保健所收容期间病死的狗会被捐献给大学，用来做实验。这只狗怎么会以这种模样被送来这里？后藤感到疑问，他的教授详细地告诉他，它们原本应该都是幸福的宠物犬，却因为饲主的疏忽或自私，才沦落至不幸的末路。

“所以实习的时候，要诚心诚意，心怀尊重地对待它们。”

原来是这样！

从小，后藤就对保健所有着一种模糊的恐惧。被收容在那里的动物最后会步上什么样的命运，现在他终于了解到全貌了。就在这一刻，后藤确信身为一名兽医，他该伸出援手的不是动物医院的动物。就这样，毕业以后，他毫不犹豫地选择了成为公务兽医的道路。

后藤就职以后，被派去的第一个单位是熊本市肉品检查所。他第一次见到松本，是在2003年秋天，在市政府的兽医职员与当地兽医协会的聚会上。后藤得知松本在动物爱护中心工作，便道出从学生时代就一直在心里酝酿的想法。

“总有一天，我也想从事救助猫狗的工作。”

“这份工作很辛苦哦！”松本苦笑着说。

当时动物爱护中心的收容犬的生存率只有百分之五十五左右。对于喜欢动物的人来说，那是个很难熬的职场。即使如此，后藤的信念还是没有动摇。每年上司问他想调去哪里时，他都回答“动物爱护中心”。

进入熊本市政府工作七年后，他的愿望总算实现了。

后藤刚调来中心没多久，就听到了街猫活动。

“我现在要去跟喂养流浪猫的人谈谈。”

松本说，于是后藤随他一同去拜访市内的某个住宅区。当时中心接到申诉电话，说有人在喂养流浪猫，使商店街附近变成野猫聚集地。猫的粪尿给附近的住户造成困扰。

“在这里喂养流浪猫的人，是骑脚踏车从别的地方过来的。”

听到松本的说明后，后藤仍然搞不太清楚状况。为何得这样大费周章，也要喂流浪猫呢?

接下来后藤在现场遭遇到的吓人状况，使他把这种单纯的疑问抛到了九霄云外。商店街旁的空地传来争吵声。

“要说几次你才懂?！”

厉声这么说的中年男子，好像是这里的自治会会长。与他争辩的是一名高龄妇人。妇人手中提着一个袋子，里面装的应该是猫食。

“猫跟人类一样也是生物，所以得帮助它们才行！”

“也不想想你给周围的人造成了多少麻烦，少在那里胡扯了！”

“那你的意思是让猫饿死吗? 眼中只有自己，自私自利的人类迟早会下地狱！”

自治会会长与当地居民，还有疑似喂街猫的老妇人毫不顾忌周围的眼光，正大声叫骂。地上散落着一堆猫食。旁边的栏杆挖苦似的挂了好几块牌子，写着“禁止喂野猫！”牌子应该是当地居民挂的。

初次遭遇的场面令后藤哑然失声。

松本走近据说会喂流浪猫的老妇人，再次说明流浪猫聚集带来的排泄物给当地居民造成困扰的事实。结果老妇人立刻高声反驳："地球上又不是只住着人类！"

"可是也有人觉得困扰，可以请你稍微考虑一下别人吗？"

"这地方就只属于人类吗？那样说太奇怪了！猫跟人类一样是生物，怎么能对它们见死不救？"

松本和老妇人沟通了一阵子，但老妇人坚持救猫是理所当然的事。另一方面，自治会会长与居民也净是要求老妇人立刻停止喂食。时间不断过去，却找不到解决争端的头绪。两方似乎完全僵持不下了。

身为中心职员，自己能做什么？才刚调来，后藤已经茫然失措了。

另一方面，松本持之以恒地每星期拜访一次该地，每次都会邀后藤一起去。

喂野猫的老妇人长期以来遭到当地居民的责难，却仍然继续喂食，这是为什么？要说服对方，首先必须聆听对方的说法，从赢得信赖做起。松本的最终目的是借由立下规则，让居民同意老妇人喂流浪猫。为了达到这个目的，必须让主张"人类必须救猫"的老妇人答应遵守规则，也必须让她了解到这样做对她是有好处的。

可是说服工作困难重重。即使提出问题，想要找到施力点，论点也会一下子被老妇人扯开去。不消几分钟，谈话就变得跟主题完全无关，或是一再重复相同的内容。很多时候回神一想，谈话早已离题万里，讲到跟喂食规则八竿子打不着的地方去了。

而且自治会与居民之间的意见也完全分歧。对于立下喂食规则的提议，很多人愿意聆听，但他们对让 TNR 成为地区活动的方案表现出强烈的抗拒。

“那个人才不可能做到！”

由于长年来的纠纷，老妇人完全失去了当地居民的信任。

为了说明老妇人将继续照顾流浪猫这件事，必须请自治会提供地区公告栏或联络簿的空间。可是万一老妇人完全不守规则，自治会将会颜面扫地。

而老妇人也坚决认定这个地区的野猫守护者非她莫属。

拜访当地，与该地居民谈话，多半是在傍晚到晚间的时间段。

记不清这是第几次拜访了，可是说服工作半点进展也没有。即使如此，松本和后藤还是持续进行个别访问，努力不懈地与居民沟通。

总算结束一天的工作后，在新市街熟悉的店家坐下，这已经成了两人的惯例行程了。

在吧台坐下的后藤整个人垂头丧气。

他想要让街猫活动在熊本市普及开来。这样不但能解决当地的流浪猫问题，以长远的眼光来看，也能减少猫的扑杀数量。他怀着这样的信念开始推动计划，已经三个月以上了。然而状况一点改变也没有。备受困扰的人、制造麻烦的人，两边的想法和主张依旧是平行线。不仅如此，愈是努力，就愈令他感觉地区活动根本不可能实现。

“充史兄，我们还能再说什么？”

“阿隆，讨论之前先补充水分吧！”

松本和后藤经常搭档行动，渐渐地开始彼此称呼充史兄和阿隆了。很快地，大杯啤酒送上桌来，冰凉的琥珀色液体滋润了两人的喉咙。

应该有什么可以让彼此坐下来沟通的契机才对。调到动物爱护中心以后，后藤就一直抱着这样的想法参与这项计划。可是他坚持至今的做法看起来无法取得成效。

“不能说泄气话！”

尽管这么想，却摆脱不掉已经束手无策的无力感。后藤觉得好似快被压垮了，不知道还能再说什么。

“这份工作就是蹚浑水。”

邻座的松本把酒杯摆回吧台，里面已经空了一半。

“动物保护这回事，有许多人参与其中，每个人都有话要说，而且很多人不愿意妥协。因为得打入其中，所以这份工作就等于总是去蹚别人的浑水。”

后藤无力地附和。“从来不说泄气话的充史兄，难得抱怨起来了。”一瞬间后藤这么以为。然而松本看起来意外地神清气爽。

“可是啊，阿隆。”

松本开心地露出白色的牙齿。

“我好喜欢蹚这种浑水。只要真心与想法各不相同的市民沟通，坚持下去，总有一天一定能得到‘我的努力值得了’的结果。如果不跟人家一起蹚浑水，绝对没法体验到这种事。这就是公务员的工作最有趣的地方啊！”

“虽然身处相同的状况，他的观点竟与我如此不同！”

松本的灵活性还有积极的态度，让后藤感到豁然开朗。

后来他们也毅力十足地继续与喂流浪猫的老妇人沟通。

受到两人的影响，居民也渐渐出现变化了。只要对方确实遵守规则，并且为流浪猫绝育，让她继续照顾猫也没关系吧？开始有人提出这样的意见。

“喂流浪猫一定是那位老婆婆唯一的生活乐趣吧！”

“剥夺老人家的生活乐趣，岂不是太残忍了吗？”也开始有人如此为老妇人的心情着想。

因为这样，老妇人也终于愿意聆听两人的劝说了。想要让当地的猫咪幸福地生活——老妇人如此热切地渴望。于是松本对她说：“那样的话，你也得考虑到住在这里的人类的幸福。如果人类不幸福，住在这里的猫是不可能幸福的。”

居民之间的冲突纠纷总算得以化解，并开始开展街猫活动了。

喂食的规则有两点：①固定喂食地点与时间；②猫吃完后约一个小时，要进行清扫。为了让当地人赞同这项活动，最好也清扫喂食地点以外的地方。除此之外，老妇人也迅速地为八只母猫进行了绝育手术。就像这样，老妇人参考松本与后藤的建议，遵守规则，继续照顾着野猫。

由于定期清扫环境，过去造成最大困扰的排泄物问题几乎都解决了。此外，由于活动时间固定，认识当地的爱猫人士或带狗散步的人的机会也增加了。

“今天老婆婆还没有来。”

“昨天晚上突然变冷了，会不会是感冒了呀？”

大家知道老妇人是一个人独居以后，也关心起她的身体健康来了。居民的反应会有所改变，是因为老妇人的态度有了变化。只要能放心照顾猫，她也不再坚持那拒人千里之外的态度了。

一个人居然可以有这么大的变化！

对后藤来说，这样的体验完全是头一遭。

眼前的情况，让他完全无法想象先前还认为不管再怎么努力沟通，双方也不会有交集。

再也没有比这更具挑战性、更有意思的工作了！

调到动物爱护中心约半年，后藤终于体会到松本说的意思了。

从此以后，街猫活动在市内各地扩散开来，在市内约三十个地点推行。

熊本市动物爱护中心似乎发生了令人难以置信的奇迹。

中心推行的各项行动开始频繁地被当地报纸和电视新闻报道，逐渐在县内和九州地区变得有名。2009 年，全国都知道熊本市动物爱护中心了。原因是全国电视网的新闻节目为它做了一个专题报道。熊本市的动物行政顿时成为众所瞩目的焦点。

这一年进入夏季以后，中心没有对收容犬进行扑杀。因为走失而被收容的犬只数目，还有顺利找到饲主而返还的数目与往年相同，但饲主送来的犬只数目，从去年的七十七只减少到仅十几只。这都是因为中心在服务台为劝说业务付出心力的结果。此外，通过每星期举办认养活动，能够把收容动物维持在不超过动物管理区限度的数目。

如果照这样顺利进行，或许可以维持零扑杀直到年度结束。目标是零扑杀——2003 年 8 月，松崎正吉曾经做出这样的宣言。当时每个人听了都不禁苦笑。许多人说绝对不可能，也有人表示不快，说松崎根本没有认清现实。然而现在已经来到距离实现目标只差一步的地方。媒体报道了这个数字以后，申请采访的数量更是增加了。

所长松崎对前来采访的报社记者和电视导播说明的第一件事总是：这里的一切都是透明开放的，机构里也没有禁止摄影的地方，要访问职员任何问题都可以。

对媒体人员来说，在采访动物行政单位时，被禁止摄影或拒绝采访是家常便饭了。即使允许摄影，很多时候也都有不可拍摄职员面孔的附带条件。对许多媒体人员来说，这种全面开放的情形可以说是头一遭。

可是以前，这里的职员每次碰上有人采访，也会不着痕迹地从摄影机镜头前消失。因为有些人不想被朋友或亲戚甚至是家人知道自己在这个单位工作。可是现在在这个单位，没有一个职员会拒绝采访。

犬只扑杀数量大幅减少的理由中，特别受到关注的，是不轻易接受饲主送来的宠物的方针。摄影机拍摄时，正好一名饲主来到中心服务台，前往应对的是松本。即使通过摄影机，也能充分感受到他说服过几百名饲主的经验以及“可靠大哥”的风范。

饲主说他不能养猫了，想要中心代为处理。松本问他理由，可是得到的回答只能依稀听出是饲主懒得照顾了。

这是不负责任的饲主典型。松本用他的一双大眼瞪着饲主说：“你养它不是为了杀害它吧？是饲主就必须负起责任照顾到最后。如果办不到，一开始就根本不该养吧！”

面对松本毫不客气的说法，饲主只能沉默。摄影机捕捉到两人从头到尾的对话。

节目中，这个场面之后附上了松本的意见：“劝说有时候也会演变成与饲主的争吵。虽然我们会留意不激怒饲主，可是为了减少随意弃养造成的扑杀，我们认为即使会令市民感到不舒服，也是没办法的事。”

这是熊本市动物爱护中心不动如山的方针。

节目中提到，尽管全国地方政府单位的职员都在努力，零扑杀仍然被视为不可能实现的目标。长年参与动物保护事务的人之中，也有人认为那只是一种梦想，而不是目标。可是离 2007 年最后一次启动毒气箱，已经过了两年以上。在公家机关还有市民及义工的互助合作下，许多动物得到了拯救。

这个节目播出后，许多报道、资讯节目都推出特辑探讨动物保护问题。深夜营业的宠物店、在家庭用品大卖场被随意贩卖的猫狗、因为调职或搬家等理由而弃养宠物的饲主、因为人类的自私而无缘无故被剥夺生命的动物——节目告诉受众这样的现实后，在后半部分介绍熊本市动物爱护中心做出的各种努力。

动物们令人不忍直视的悲惨末路。在这样的状况中，所长松崎和松本等中心职员挺身投入动物保护，动物爱护促进员及市民义工也提供协助，并有当地兽医协会成员推动各项活动。他们对于这个国家的动物保护现场来说，完全就是希望之星。

“职员们的努力令我感动极了！”

“你们的努力太值得赞叹了！谢谢你们！”

“动物爱护中心是熊本的骄傲！”

市政府、爱护中心和各家媒体都收到了许多的赞赏和鼓励。

第十七回

零扑杀是目标，不是目的

第十七話

処分ゼロは目標で、
目的ではなか

熊本市动物爱护中心的努力一跃闻名全日本。

可是职员每天的业务并不会因此而改变。他们照顾收容犬的身心，为它们找到可以托付终身的主人。每天的工作都需要脚踏实地的毅力和努力。

午休时间，栉岛孝匆匆吃完饭，来到动物管理区旁。

一头土佐犬被系在离其他狗稍远的钩子上。它的体重近三十公斤，完全是大型犬的一分子，但它其实是才出生七八个月的小狗。几天前它被人发现在路上流浪，刚被中心收容。

刚收容的时候，栉岛想要靠近，狗便毫无预警地想要咬人。它没有低吼，表情和姿势也没有改变，完全是冷不防的攻击。

从它完全露出前牙的嘴巴，可以看出它彻底进入攻击模式了。它出生才几个月，却对人类展现出如此激烈的戒心，究竟原本是被饲养在什么样的环境下？是被以近乎漠视的态度丢在一旁，没有机会学习社会化吗？还是在分不清楚管教与虐待的饲主身边过着充满恐惧与混乱的每一天？

虽然都只是推测，但栉岛可以清楚地看出这只小狗从来没有被人关爱过。

行动无法预测，很难照料。收容这种狗的时候，大部分都会由犬只训练经验丰富的栉岛全面接管。不肯让人靠近的狗，首先最需要的是与特定的人类建立起信任关系。为了让它们成为家犬，必须以此为基础，慢慢地让狗累积社会经验。

这只狗过去别说是快乐的时光了，恐怕连一刻安心也不曾有过。如果还是小狗，开心地对饲主撒娇是理所当然的事，正因为有这样的感性，狗才能与人类共同生活在一起。为了弥补成长过程中缺少的事物，栉岛努力挪出时间疼爱这只土佐犬。

开始照顾之后过了一两个月，土佐犬完全对栉岛敞开心房了。它也渐渐学会散步的时候不拉扯狗绳、乖乖坐着等待，遵守这些作为家犬必须学习的规矩。如果是打扫或喂食等一般照料，其他职员靠近它也不会有什么大问题了。可是看着这只土佐犬，栉岛心想：这只狗或许没办法被人领养……

它渐渐地培养出社会性，也会对栉岛露出放松的表情。可是对其他职员，偶尔还是会有疑似威吓或攻击的行动。次数虽然减少了，但是会毫无预警地发怒的情况，仍然与刚被收容时几乎一样。

最重要的是完全找不到原因。

即使是具有攻击性的收容犬，只要仔细观察，就可以看出某种程度的行动模式。比方说讨厌梳毛的狗，只是看到有人手中拿着梳子靠近，就会失去冷静，露出恐惧的表情或态度。其他也有些狗被人摸到脚尖或耳朵、被抱起来、喜欢的零食或玩具被抢走、拿着扫把等棒状物靠近，就会顿时性情大变。有时候也会在玩拉扯游戏时兴奋过度，引发攻击行为。

不管怎么样，狗会吼人还是试图咬人，都是有理由的。如果清楚地知道它们恐惧和不快的理由，只要在日常生活中尽量避免这些情况就行了。这是解决攻击行为的方法之一。照顾宠物时留心避免让它们受到刺激，也是主人爱它们的表现。只要具备一定的饲养经验，想要抓住这些重点来饲养并不困难，实际上也有不少狗因为这些方法而获救。

可是对于这只土佐犬，却怎么也看不出引发它的攻击行为的模式。

栉岛考虑到它或许患有先天性的疾病。根据经营大型犬繁殖场的祖父和父亲的意见，还有自身的经验，他无法否定有些狗天生就无法控制感情和行动。如果这只土佐犬符合这种情况，能够控制并且饲养它的，就只有具备专业技术的人士了。

照顾这只狗几个月之后，土佐犬完全亲近栉岛，只要栉岛在工作空档现身，它就开心得跟什么似的。现在栉岛对土佐犬已经有了比对任何一只收容犬都要深的感情。可是栉岛家里有年幼的小孩，他不可能把这只狗带回家照顾。

事件突然发生了。

约聘职员野美山泉美在近傍晚的时刻前往动物管理区。她办完事后顺道去犬舍看看，发现那只土佐犬的脚泡在水里。附近装水的容器打翻了，好像是它踩翻的。

“帮它换新的水吧。”野美山心想。但当她想要拿起容器的瞬间，土佐犬竟扑了上来，露出的利牙紧紧地咬住了她身上的T恤。幸好没有咬到皮肤，但万一它再次发动攻击，绝对会见血。野美山当场呆住了。

咬住T恤的土佐犬发了疯似的不停地低吼。

对野美山来说，狗总是可爱的、应该保护的。即使有些问题行为，大部分也都有理由，她把那些问题视为每只狗的个性。所以即使一年会碰到几百只狗，她还是可以记住每一只狗不同的样子。

然而现在野美山第一次觉得狗可怕极了。

土佐犬的眼睛散发出燃烧般的异样神色。虽然凌厉，却完全看不出它在看哪里。不管再怎么呼唤它，它也无法回到能与人类沟通的世界来。它的眼睛让人怀疑它是否置身于一个可怕的地方。

“谁来……”

她想求救，却发不出声音。下午的业务已经结束，其他职员都回办公室去了。手机在口袋里，但她没办法伸手拿。

就在这个时候，有个职员——栉岛来到动物管理区。

栉岛察觉异状，立刻拿着水管冲进犬舍。他提高水压朝着狗的嘴巴喷水。即使狗兴奋到极点，只要这样做，大部分的狗都会回过神来松口。碰到攻击性强的狗时，这是最为安全的紧急对策。

可是土佐犬完全不为所动。不仅如此，它仍紧咬住野美山的T恤不放，看起来更加兴奋了。

既然如此，只能冒着危险采取行动了。栉岛抓住狗的项圈，控制它的行动，并大声呵斥。接下来又花了好几分钟，野美山才总算逃出犬舍避难。

2009年9月28日，星期一。这天施行了当天决定的土佐犬的扑杀。

那场突如其来的事故让每个职员深受打击。或许可以维持零扑杀的状况直到年度结束——中心内外的期待就这样在一瞬之间被粉碎了。

在这当中，做出最后决定的是第一个宣告要以零扑杀为目标的所长松崎本人。

如果想要就这样维持零扑杀的记录，其实也不是不可能的事。很简单，只要把土佐犬的扑杀延到下年度去就行了。可是大家期望的应该不是这种空泛的表象。

“只追求数字没有意义。我认为零扑杀是目标，而不是目的。”

松崎的话，没有任何一个职员有异议。

能够长年致力于减少扑杀，全是因为有市民的鼓励和开心的声音：可以从中心领养到这孩子真是太好了。不能因为救助动物而让人类不幸，动物和人类都必须一起得到幸福。除非维持这个良性循环，否则动物保护业务是不可能持续下去的。

职员以零扑杀为目标努力到今天，今后也将继续以零扑杀为目标。可是如果只执着于零这个数字，意义顿时就不同了。

在作为实现零扑杀的行政单位受到全国瞩目的状况中，今年唯一在这里走向生命终点的，就只有这只土佐犬了。

世上有些狗无论怎样就是无缘成为家庭犬，这是个悲哀的事实。但只要在这个单位工作一天，职员就不能逃避这个现实。这是在动物行政现场工作的人的职责。

第十八回

我想在最后跟市民一起大干一场

第十八話

最後に市民と一緒に
バカンこつやりたか

"阿隆，你就是红战士了。"

松本充史一脸开心地这么说着，但后藤隆一郎完全不懂他在说什么。

"充史兄，什么红战士？"

从刚才开始，邻座的松本就一直专心地对着计算机打字。探头过去一看，屏幕上密密麻麻地塞满了文字。可是仔细一看，每一行都有""，而且到处都可以看到"！""？""～"等符号，看起来并不是业务报告书。

"我们来想一个新的儿童启发企划吧！"

2009年初夏，熊本市动物爱护促进协议会的会议上有人提出了这样的意见。

协议会除了主要成员以外，还有被称为促进员的市民义工。有兽医协会的会员、对动物保护有兴趣的上班族、个体经营者等，身份和职业都各不相同。

在熊本市，每年9月都会举办动物保护嘉年华。这是由熊本市兽医协会主办的活动，自1984年起，二十七年来每年持续举行。协议会以前也曾在户外舞台透过表演教导民众如何与狗相处。可是今年众人同意要打出更为明确的主题，也就是为猫狗戴上名牌。

由于彻底劝阻想要轻易弃养的饲主，把宠物送来动物爱护中心的案例大为减少了。可是流浪狗的收容数目从几年前起就几乎没有什么变化。返还率虽然增加了，但饲主主动来询问的状况，还是只占全体的四成左右。看起来完全就是流浪狗的收容狗一年只有少数几只，绝大多数的狗应该都有可以回去的家。可是中心没有线索帮它们找到饲主，它们只能被收容在爱护中心，等待被领养。

“我完全没想到它会走失。”

来到爱护中心领狗的饲主全都这么说。它养在室内，没问题的，它很胆小，不会自己跑出去的——这些毫无根据的认定，造成了爱犬的不幸。

狗走失的情况有几种模式：

公狗的话，有时是对发情期的母狗气味起反应而逃脱。也有些狗被盛夏傍晚突如其来的大雨或雷雨、烟火大会的巨响吓到而挣脱狗绳。陷入恐慌的狗会胡乱奔跑，待冷静下来时已经迷失了方向。有些人相信狗有归巢本能，但一般来说，如果离开住家半径两公里以上，就难以自力返家。万一跑过干线道路，更是难以折返。许多不知道该怎么回家的狗，都会因为恐慌而愈跑离家愈远。

饥饿与疲劳毫不留情地折磨着它们的身心，幼犬和小型犬等缺乏体力的狗还会遭到乌鸦等动物的攻击。然后即使没有被卷入最可怕的交通意外，被中心收容，也没办法再回到饲主身边。

但如果身上有名牌，这些悲剧几乎都是可以避免的。

动物保护活动有许多亲子来访。只要小孩子专注地看，就可以同时启发父母。促进员通过这样的灵感发展出战队表演秀“迷路狗战士”的企划，由松本亲自撰写剧本。

“如果我是红战士，充史兄是什么？”后藤问。

松本看着计算机屏幕开心地回答：“我是邪恶的化身叉叉魔王，是把迷路的狗哈皮推入不幸深渊的坏蛋。然后阿隆你扮演的红战士，还有绿战士、黄战士要来拯救哈皮。除了战斗以外，也有舞蹈场面哦！”

听到跳舞，后藤愈觉得不安了。可是看到松本乐在其中的样子，他就不可思议地觉得这个有点夸张的计划一定能够顺利完成。公务员与市民义工合作上演战队表演秀，这在全日本大概是史无前例的吧。

松本的勤务延长申请是在约两年前被受理的。明年2010年春天期限就到了。

爱护中心的工作会出现一连串的意外，很多时候结果不能尽如人意。可是与认真思考同一个问题的同志共享时间与空间的日子，让松本感到无比快乐。身为公务员，再也没有一个单位能够像这样直接接触市民了。松本认为所谓的天职大概就是这么回事。

然后期限终于就在眼前了。虽然没有真实感，但只要身为公务员，总有一天就必须面对。既然如此——松本心想："我想在最后跟市民一起大干一场！"

史无前例，这他已经完全习惯了。而他现在有着彼此协助的同伴。只要和他们一起，如此特殊的企划一定能够实现。松本怀着这样的期待，完成了《迷路狗战士》的剧本。

主角是受到饲主疼爱的家犬哈皮。一天哈皮出于好奇，溜出家里，却因为叉叉魔王的阴谋，完全迷路了。然后迷路狗战士现身，拯救了哈皮。邪恶魔王被打倒，哈皮总算平安返家。与哈皮开心团聚的饲主体认到名牌有多么重要——就是这样的情节。

接着立刻决定角色分配。率先举手的是几年前就以促进员身份加入协议会的兽医园田健司。关于演出指导，由同样是促进员的自由设计师谷步美负责。接着又加入了有舞蹈经验的成员。迷路狗哈皮由约聘职员野美山泉美来饰演。

"要做的话，就要彻底做好！"

松本推动的虽然是破天荒的计划，态度却严肃到家。

他们寻找能提供正式表演服装和人形布偶的赞助者，并且在音效方面特别下了一番功夫。在室外舞台，如果音效差，是没办法在近十五分钟的表演中持续吸引观众的注意力的。松本向在广播电台工作的朋友寻求协助，在朋友的介绍下，找到了专门学校的学生为他们配旁白，然后再加上效果音和音乐等，录了一盘录音带。由于使用的是专业级的器材，音质与音量平衡都无可挑剔。

第二十六届熊本市动物保护嘉年华的活动日到了。

会场播放着轻快的音乐，穿着狗布偶的野美山登上舞台。他们一直练习到前天深夜，但是正式上场后，表演一眨眼就结束了。松本手拿麦克风，拖着华丽的披风。后藤与园田喜感十足的战斗场面使观众席欢笑连连。松本扮演的魔王被迷路狗战士击败后，逃之夭夭。哈皮总算平安回家，由饲主戴上名牌，免得再次走失。

“动物是没办法自己回家的，所以大家也要为自己的狗狗和猫咪戴上名牌哦！”

野美山配合台词，向观众席亮出脖子上挂的名牌。

晴天的午后，每个成员都汗如雨下，可是这反倒令人斗志高昂。片尾曲是放浪兄弟（EXILE）的 *Choo Choo TRAIN*。配合这首人气歌曲，所有的成员排成一列，依序伸出头来表演“转转舞”，场内再次被笑声包围。成员们的方块步踩得轻快无比，做出最后一个动作时，观众席传来热烈的掌声。

熊本市动物爱护促进协议会决定设立，是松本刚来到这个单位不久后的事。

公家机关的话才不能信——

成员头一次聚首的那一天，会议室里感受到的全是不信任。

一切都从那里开始。

调到动物爱护中心后整整九年，《迷路狗战士》上演后隔年春天，松本接到了调职令。

2010 年 3 月，熊本市动物爱护中心接到了一通电话。

“这里是日本动物爱护协会。”

原来电话是来通知熊本市动物爱护促进协议会荣获日本动物大奖的消息的。

日本动物爱护协会是为了改善日本的动物保护环境，于 1948 年由日本、美国、英国等国家的有志之士设立的团体。他们于 1957 年左右便自行建设保护所，为无家可归的狗寻找主人，在日本的动物保护方面算是先驱。

现在日本动物爱护协会主要以宠物及野生动物等所有动物为对象，进行保护援助及启发活动。日本动物大奖是该协会于创立六十周年的2008年设立的奖项，目的是向社会大众倡导人与动物共存所需的事物，并从自荐、他荐中选出实践动物保护活动的优秀个人及团体。

得奖理由中获得最高评价的，是协议会负起了协调及支援政府和地区居民的角色。协议会成员发挥创意及行动力，举办认养活动及街猫活动等，使得一般市民参与动物保护活动的机会增加，并大幅减少了被扑杀的动物数量。

听到得奖的消息，最开心的是所长松崎正吉等中心职员。

熊本市动物爱护中心由于创下破纪录的低扑杀数目，成为全国瞩目的行政机构，因此受到关注的多是职员的活跃。虽然来访的各家媒体也多会同时采访协议会，但是报道出来的部分却寥寥无几。有些报道甚至完全没有提到协议会的贡献，仿佛只靠公家机关，就能将扑杀数目减少到接近零。结果收到赞赏之声的主要都是动物爱护中心。

“只靠我们自己的力量，绝对没办法做到这种地步。”

每个职员平日就都这么想。所以只有动物爱护中心受到瞩目，令他们不免觉得好似独占了功劳，有些尴尬。他们认为通过这次得奖，总算能够向世人宣传，因为有市民义工的存在，才能有今天的熊本市动物爱护中心。

颁奖典礼在东京举行，会长松田光太郎作为代表出席。他带着奖状、十万日币奖金及纪念奖牌返乡后，立刻有《熊本日日新闻》前来采访。访谈在爱护中心的动物管理区进行，松田与被收容的狗一起入镜。

在报道见报的 4 月 3 日早上，中心接到一通意外的电话。

“报纸上的那只狗应该是我家的小不点……”

一名住在市内的六十多岁妇人赶到中心来。

小不点推定有十五岁，十三年前被妇人发现受伤而被收留，后来便一直养在室内。妇人非常疼爱小不点，连睡觉也跟它睡在一起，然而 2 月的时候小不点突然失踪了。妇人与家人找遍了住家附近，却一直遍寻不着，他们正想放弃，认为小不点已经不在人世的时候，在报上看到了小不点的身影。

几天后，《熊本日日新闻》以《爱犬小不点平安返家》为标题，刊登了睽违两个月与主人再会、平安回到家中的小不点的照片。

这名妇人不知道当爱犬走失时，应该向保健所、警察局和动物爱护中心询问。小不点被收容在熊本市动物爱护中心，还因为中心获得日本动物大奖才让它和主人奇迹般团聚。这对中心职员与协议会成员来说，等于是为得奖锦上添花，是个令人开心的意外惊喜。

通过媒体报道，熊本市的动物行政益发受到瞩目。在这热闹的气氛中新年度展开了。

即使如此，动物管理区依然总是住满了猫狗。

第十九回

真想让他看看这只狗是怎么死的

第十九話

こん犬の最期を見て
ほしかよ！

中心职员接到市民通报说附近有狗在游荡，于是一早就前往捕捉，回来的时候已经近中午了。

白色厢型车的笼子里面装了两只中型犬。职员立刻把笼子搬下车打开。两只狗也没什么害怕的样子，泰然走到笼外。一看就知道是有人养的狗，两只都没有戴项圈。

“两只都还很年轻。”

栉岛孝弯下魁梧的上半身，以熟悉的动作翻开狗的嘴一看，露出来的是完全没有牙结石的洁白牙齿。推定年龄为一岁，暂时当成走失犬收容。他正在拍照片准备上传专用网站时，职员从办公室走出来，抱歉地说：“刚才又有电话请我们去抓狗了。”

“是哪边？”作业长冈崎浩久问，职员说是城南町边缘。和上午去的植木町一样，单程要花上将近一个小时。业务职员迅速安顿好刚收容的狗，再次准备捕狗作业所需要的器材。如果拖拖拉拉，就没办法赶在傍晚照顾收容犬的时间前回来了。

“今天真是个兜风天呀！”

业务职员一边说笑，一边也没好好午休就坐上车子。

2010 年开始后，熊本市动物爱护中心的职员就一直很忙碌。

理由之一是 2010 年 3 月，熊本市新并入了城南町与植木町。结果与前年度相比，来自市民的申诉和咨询大幅增加。原本熊本市的形状就是东西短，南北长，现在再加上城南町与植木町，范围更是往南北延伸了。动物爱护中心位于熊本市靠东的近中央处，为了应付来自南边的城南町、北边的植木町的要求，光是移动，就得花上比过去多将近两倍的时间。

同时新合并地区的走失犬的数量也不少。

与熊本市中心地区相比，这两个地方交通量少、住宅区土地绰有余裕，很多饲主都没有把狗绑起来，而是让狗自由在家中庭院漫步。其中也有些狗会跑到公路上，而既然接到市民通报，就不能不去捕捉。可是动物爱护中心几乎没接到询问走失的狗的电话。可能是因为有很多人即使爱犬几天不回家，也不怎么在乎吧。在合并地区捕捉的狗顺利回到饲主身边的比例不到一成。

与前一年的收容犬返还率高达四五成相比，状况完全改变了。然后就维持着这个情况，每天收容的狗两只、三只地不断增加。

异状不只有这些而已。

“国道旁有被丢弃的狗。”

接到市民的电话，职员去到现场一看，发现绿色地带放了一个纸箱，里面装着小型犬。再进一步检查周围，沿着马路，还有一些提笼和纸箱。箱里装的全是受欢迎的犬种，有迷你腊肠犬、西施犬、贵宾犬。

被收容的狗全是没有获得照顾、浑身粪尿的状态。是在漫无计划的繁殖之后，无法照顾而丢弃的吗？即使如此，它们似乎还是很喜欢人类，一看到职员便开心地摇尾巴。

看到它们坚强的模样，职员静静地叹息。

进入新年度以后，不自然的弃犬、弃猫就增加了。这条马路的这边是熊本市，另一头的绿色地带是邻市的辖区。虽然不确定，但感觉得出丢的人是故意的。

在熊本市内发现的遭遗弃的动物，一定会被收容在这家动物爱护中心。只要被这里收容，就不必担心会被扑杀，也可以为它们找到新的主人。也就是说，饲主不必受到罪恶感折磨，也不必劳烦自己，就可以解决掉麻烦事。由于可以一清二楚地看出饲主的这种如意算盘，职员气愤极了。不负责任的人真是不负责任到了极点。

任何领域都一样，一旦出名，除了好处以外，一定也有坏处随之而来，这在动物保护的世界也不例外。

日本有许多团体或个人持续进行动物保护活动。如果在网络发布收容和领养讯息及活动报告，并长期脚踏实地地活动，就会逐渐打开知名度，引来许多赞同之士。可是他们都会小心地不轻易暴露自己的所在地。因为如果活动地点被许多人知道，就会成为冷血饲主的绝佳标的。

熊本市动物爱护中心现在是全日本扑杀率最低的行政机构，因此受到关注。行政单位与市民携手取得的种种实绩也获得了肯定。这对于为了动物被扑杀的状况感到痛心的人来说是一个希望，然而备受关注，也引来了许多未曾预想到的情况。

前一年2009年，由于举办紧急认养会等，即使多的时候，也把收容犬的数目压在五十几只以下。可是新年度刚开始还不到一个月，动物管理区就已经收容了近七十只狗。收容数目早已达到极限，但职员努力彻底活用机构里的设施，勉强挪出收容空间。

再这样下去就不得了了！

所长松崎正吉立刻确定紧急认养会的日期。《熊本日日新闻》的记者得知这个情况，写了篇报道传达动物爱护中心的困境，让众多市民了解当地知名的爱护中心正面临危机。因此与去年的同一时期相比，参加者数目飞跃性地增长，认养会在盛况中落幕了。

可是犬舍里的状况依然不变。

不管怎么开放认养都赶不上。每天都有来自市内各地的走失狗和遭弃养的动物被送来，收容犬的数目又增加了。

目睹这个情景，后藤隆一郎害怕得颤抖。

后藤从 2009 年春天调职来之后已经一年，与前辈兽医松本充史搭档进行动物行政现场工作的每一天，即使说是他的公务员生涯中最为精华的一段时光也不为过。今年 4 月有刚毕业的兽医被派进来，因此他在单位中成了备受期待的中坚分子。

然而即使是这样的后藤，也有几乎未曾经验过的事。

那就是狗的扑杀。

前一年度的扑杀数目是一只，是栉岛热心训练的土佐犬。

尽管对于剥夺动物的生命感到抗拒，但当时后藤认为既然保护市民的生活是公务员的工作，执行扑杀也是公务兽医重要的工作之一——勉强说服自己接受了。

可是这次状况完全不同。

由于数量太多，没有地方可以收容狗了。最大的问题出在物理空间不足。

在每天的照顾当中，狗对职员都十分亲近了。对后藤来说，每一只狗都很可爱。不过在这里工作的人毫无例外，都有几只特别疼爱的狗。虽然有些狗有着特别的脾性，或是有某些疾病，但是只要肯花时间，应该都可以为它们找到适合的主人。后藤期望着这样的一天到来，尽量让狗过得舒适。

然而有这么一天，自己必须亲手杀掉这些狗？

怎么可能……不可能！

后藤想要甩掉这可怕的想象，然而愈是冷静地面对眼前发生的事，他就愈深切地感觉倒计时已经开始了。

难道就这样任由时间过去吗？难道就无计可施了吗？看着塞满狗的动物管理区，后藤拼命思考。可是他想不到答案。

“充史兄会怎么做？”

如果是去年，碰上这种情况，他会立刻征询松本的意见。然而这个“可靠的大哥”现在已经是其他单位的人了。“充史兄现在一定正在动植物园这个新的环境努力奋斗，想要尽快在那里成为一名称职的公务兽医吧。我不能总是依赖他。”

尽管这么想，后藤仍然相信即使自己联系充史兄，他也绝对不会觉得被打扰。

“噢，阿隆，怎么啦？”

手机里传来的松本的声调，和过去完全一样。

后藤也很清楚，这不是找人商量就可以轻易找到答案的问题。即使如此，如果现在有个人可以认真听他谈谈这个问题，就可以避免让心情掉进悲观的臆测里。松本经验丰富，而且总是正面思考，他的话可以带给后藤力量，让他在岌岌可危的状况中撑下去。

“其他人怎么说？”

听到状况后，松本询问职场的氛围朝哪个方向改变。

“想要尽可能拯救收容的动物。”只要是在这个单位工作的人，每个人都这么希望，这一点现在也是一样的。可是严酷的现实迫在眉睫。

收容动物的数目急速增加，恐怕是由于市町合并，以及爱护中心变得出名这两个要素混合的结果。不负责任的饲主不是今天才有，但一想到那些只在心血来潮的时候才关心动物，甚至完全拒绝面对动物的生死的人，后藤实在无法不感到愤怒与心寒。

“那里不会杀动物。”

现在有很多人这样说这家动物爱护中心。可是这话有些不正确。这里不是不杀害动物的机构，而是职员同心协力，拼命寻找不杀害动物方法的地方。

虽说状况严酷，但结论还没有出来。或许总有一天必须接受现实，但在那之前，后藤只能找到自己能做的事，付诸行动。

幸而挤满了收容犬的动物管理区里没有发生传染病。每天的清扫与消毒工作做得比过去更彻底。此外，为了让狗尽量过得舒适些，职员们设法改善格局分配等，确保收容空间。即使如此，每天都还是有熊本市内各地捕获的狗被送来。

就在 5 月的连假过去的时候，狗的模样有了变化。

原本沉稳开朗的狗开始会为一点小事猛吠个不停，也有些狗就像要发泄自身的不满似的威吓周围的狗。以前即使绑在一起也没问题的狗，现在动不动就彼此争吵。而软弱的狗见状，变得更加畏缩。

犬舍里总是充满一触即发的紧张空气。

原因显然是在狭窄的空间里放进太多狗了。同时由于处理民众申诉和捕狗的工作大幅增加，职员与狗接触的时间剧减，造成它们的不安及不满，使得它们更加躁动。

万一擦枪走火打起架来，到时候或许将一发不可收拾。现在这种状态下，狗不只是会受伤，即使有狗被咬死也是很有可能的事。虽然职员都很小心，但发生传染病的可能性也不是完全没有。在这样的高密度环境下，万一发生传染病，小狗和免疫力差的老狗根本不堪一击。

这所动物爱护中心的方针是维持狗的身心健康，照顾它们直到为它们找到新的主人。然而不知从何时开始，这里居然成了威胁狗的生命的危险场所。

“或许已经到了极限了……”

5 月底的某天早晨，作业长冈崎浩久这样告诉后藤。

收容只数超过八十只，冈崎显然是经历一番痛苦挣扎才做出这个决定的。后藤只能默默点头。

他们去办公室向所长松崎做了报告，决定立刻执行扑杀。

至于要选出哪些狗，由所有的职员投票决定。咬人癖严重的狗、线虫检查呈阳性的狗、收容时在健康检查中对针筒和医疗器具反应激烈的狗，总共选出了五只。

进行最终确认的时候，职员没有任何疑问或反对。对于在这里工作的人来说，这份名单并不是意外的选择。只要每天照料，自然就可以看出狗的个性、气质等。

可是对职员来说，这些狗同时仍是他们所喜爱的狗，心情上要接受，并不是件易事。

扑杀决定在明天执行。

很快地，一只狗被带到处置室。正在准备医疗器具的后藤看到狗的模样，说不出话来。

可能是好久没有受到这么多职员的关注，狗开心极了，尾巴左右猛摇，欢欣雀跃。这只狗虽然有咬人的毛病，但并非会不分青红皂白攻击人的狗。精神稳定的时候，很喜欢跟人在一起，是只很普通的狗。

后藤走近，狗露出放心到底的表情，不停地舔着他拿针筒的手。四目相接，狗的尾巴摇得更厉害了。

后藤能勉强撑住就快崩溃的心情，是因为他认为自己必须执行兽医的工作。可是一离开处置室，愤怒、懊悔、无力，以及其他无法诉诸言语的众多感情一口气涌上心头。

“我什么都没能帮它！”

这么一想，后藤再也止不住泪水。

扑杀分成两天进行。

职员总算结束工作，回到办公室一看，所内传出猫叫声。断奶前被弃养的猫以前因为无法照顾，是当天立刻扑杀的对象。可是几年前开始，在“猫班长”本田信夫及多位职员的协助下，大家带着小猫上下班照顾，维系它们的生命。

春天常有小猫被收容。连接办公室和茶水间的通道不知不觉间变成了猫笼放置处。本田望向其中一个，叫声响得更嘹亮了。吃饭时间就快到了。小猫每天的运动量增加，每一只都元气十足地成长。

面对正值可爱时期的小猫咪，如果是平常，本田也会不由得眯眼微笑。然而这天他怀着暗淡的心情着手照顾。

安乐死基本上是兽医的工作，但注射的时候，业务职员也会帮忙保定。狗相信人类，毫不抵抗地委身人类。它们意识模糊，不久后浑身虚脱，最终死亡。这样的过程透过稳定狗的身体的手一清二楚地传来。把还留有体温的亡骸搬到焚化炉，是本田、冈崎、栉岛等业务职员的工作。

这一年一直到 9 月底，合计三次，总共对十八只狗执行了扑杀。

去年还宣传什么零扑杀，可是最近好像又一次故态复萌了。

这样的传闻一点一滴地在熊本市内外传开来了。“出名的代价真大，去年只是走运，现在他们好像随随便便就会杀狗……”有时他们也会听见不清楚详情就这样任意批判的狠心话语。

进入秋天，动物爱护中心依然笼罩着沉闷的空气，职员都身心俱疲了。尤其是今年春天调来的两名新兽医，受到的打击更是沉重。

“现在还会有人弃养猫狗？”

被许久不见的大学朋友这么问时，小畑裕子不知该如何回答。他们都是兽医学院的同学，毕业以后在动物医院担任临床兽医，或是在食品厂负责研究开发的工作。同学里面，成为公务兽医的只有小畑一个。

“公家机关都做些什么工作？”朋友问。小畑说明动物爱护中心的工作内容，然而才刚提到一点点，就引来一阵惊讶。每个人都口口声声说不敢相信会有人丢弃猫狗。被饲主弃养的动物会面临什么样的命运？如果他们知道真相，会露出什么样的表情？想到这里，小畑实在不敢说出自己在做的事。

从此以后，小畑再也不在朋友面前提起工作了。她不知道该怎么说明，也害怕朋友听了会对她有想法。

有个单位不会进行扑杀。听到这件事，小畑志愿投入动物行政工作。她早就明白既然是工作，就不可能全是快乐的一面，然而她完全没料到才派到这里半年，自己就已经夺走了十八条狗的生命。

“工作好痛苦！”有如此感觉的早晨持续了好几天。小畑能勉强自己继续出勤，全是因为还有同事在努力。唯一值得欣慰的是，至少在这里工作的人都是喜爱动物的。

对小畑来说，这是唯一的心灵寄托。

“如果我能收养它们该有多好……”

每次决定进行扑杀时，同样是新人兽医的石田理奈就这么想。她从大学时代就模糊地希望能成为公务兽医。她是在就业说明会上详细得知熊本市的方针的。有一天想要在这里工作——她怀着这样的想法参加考试，由于没想到刚出社会就能从事自己想做的工作，被调派到这里时，她开心极了。

然而从那之后还不到两个月。听到要举行投票决定哪些狗要被扑杀时，她吓坏了。“即使如此，还是必须接受现实。”她这么想着，尽管犹豫，还是选出了要被扑杀的狗。职员全体投票后，被选中的五只狗里面有一只老狗。老狗由于年事已高，体力显著低下，恢复健康的可能性很低。它被判断很难找到新的主人。

石田也投了那只狗一票，其他职员的意见也相同。

可是那只狗同时也深深吸引着石田。生病或免疫力不佳的动物通常不是养在一般犬舍，而是留在检查室照顾。检查室是动物管理区里唯一有空调的地方，所以在冷暖温差大的季节，可以减轻猫狗的负担。

这只老狗被动物爱护中心收容，是石田以新人兽医身份刚来到这个单位不久的事。健康方面有问题的动物，会由兽医亲自照顾，因此接触到的机会自然也多了。在检查室工作的时间一长，就会时不时看见收容犬的睡相、动作和细微的反应等。

这只老狗由于高龄，反应有些迟钝，但个性温和友善。年轻的时候，它一定是一只幸福的普通家犬吧。然而有一天它突然失去了饲主。是弃养吗？它被人发现虚弱地倒在路边，因此受到收容。

决定扑杀的会议之后，石田前往检查室。

老狗正在吃饭。它虽然身体衰弱，但肠胃还不错。它的食欲很旺盛，每次只要拿饭碗过去，它便会一脸开心。这天也和平常一样，狗食一下子就被吃光了。

进食，就是活着的证据。

在那里的毫无疑问是一条生命。可是它能像这样进食，也只剩下几次了。

剥夺一条生命，这是不能被允许的事。

想到这里，同时又想到做出扑杀老狗结论的人就是自己，石田再也克制不住泪水。

她的心里头充满了懊悔与愤怒。如果可以现在立刻把这只狗的饲主带来这里，把怒意发泄在他身上就好了。

“真想让他看看这只狗是怎么死的！”

把一直饲养的老狗抛弃，饲主怎么忍心做出这种事？不管再怎么想，石田就是完全无法理解。

第二十回

永远不要再回来这种地方了

第二十話

二度とこぎゃんところにきてはいかん

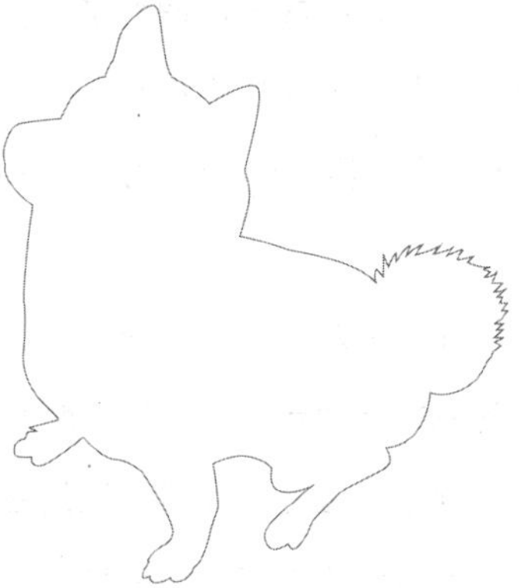

“不能还给你！”

办公室里响起怒吼声。

几名职员抬头一看，只见所长松崎正吉正站在办公桌前握着电话筒。松崎平日待人温和，难得听到他这样大声。

电话另一头的是三天前来过熊本市动物爱护中心服务台的男人。

“我生活过不下去，没钱给它买饲料了。”

由于经济因素而想放弃猫狗的例子绝对不少。尤其是雷曼事件掀起的2008年世界金融危机以后，由于公司突然倒闭或被开除，无法维持生活水平的人口增加了。有些人不仅失去了经营的公司，甚至连住处也没有了，或是夫妻双双被解雇，必须各自去外县市赚钱谋生，等等。每个人状况都不同。

可是不管他们面对的状况有多艰难，动物爱护中心的服务台都会试着请他们为宠物寻找新主人。怀着断肠的心情把爱猫、爱狗带来的饲主知道可以利用报纸信息栏等方法，反倒会露出松了一口气的表情。如果是怀着不能给别人添麻烦的想法，要让动物被扑杀而来访行政机构的人，听到职员的建议，就会了解到他们身为饲主还有可以努力的空间。这些人即使生活拮据，也会设法筹出登报费。

可是也有不少人完全相反。

只知道单方面陈述自己的困境，把有生命的动物视同老旧的家具或其他物品。这不是比喻，真的有人把猫狗连同家电等大型垃圾一起开车送来。而这些人大部分不管怎么劝说，都不肯听进去。

松崎正在讲电话的对象完全就是这类人。

即使劝他自力为宠物寻找新饲主，对方也坚决不肯，完全无法沟通。他带来的狗是一只中型混种狗。没有问题行为，外表也十分可爱。松崎见状心想：“与其让它跟在这种饲主身边，不如让别人领养，这样它才会更幸福。”

进入深秋左右，收容动物的数目总算逐渐恢复到往年水平了。动物管理区现在依然称不上空间有余裕，但这只狗一定可以找到新主人吧。长年在动物行政现场工作的松崎，可以看出收容以后能被顺利领养的狗的类型。可是他当然没有告诉饲主。

“今后绝对不能再养狗！”

他等对方这么答应后，收下了狗。然而今早对方又联络中心，要中心把狗还给他。之前不管怎么劝说，他都坚持“我不能养了”，然而才短短几天，又改变了心意。他八成连跟服务台保证过不再养狗的事都给忘了吧。松崎满腔愤怒，但仍维持平静的语气询问理由。

“后来我家的猫就怪怪的。”

男子说，把狗送去动物爱护中心以后，家里养的猫就没了精神。那对猫狗原本感情很好，所以他想把狗带回去。这是主要的理由。

会把狗带来这里，不是因为经济拮据，连饲料都买不起吗？现在怎么又会变成感情好的猫狗被拆散的问题？况且这是松崎第一次听说男子还有饲养其他动物。

松崎目瞪口呆，说明动物一旦被弃养，就归爱护中心所有。不过他也完全不期待饲主听得进去。相反，松崎下定决心，不管对方有什么理由，就是不能把狗还给他。

不出所料，男子只是在电话另一头不停地吼叫“总之把狗还我！”，对话完全不成立。男子过度自私的态度，终于让温和的松崎再也忍不住，厉声骂了回去。

后来那只狗如同松崎的预想，被一户有良心的家庭认养了。几个月以后，领养家庭除了通知近况的信件，还附了几张照片。照片上的狗，完全是一只无忧无虑的幸福家犬。

定期举办的认养活动，每一次都场面盛大。

由于熊本市动物爱护中心的名号广为人知，想要领养收容动物的人也增加了。其中也有人强烈地希望认养成犬或成猫，或是刻意询问有没有高龄或生病的动物。此外，全国各地都有人捐赠饲料、宠物垫、玩具、毛巾、毛毯等物品，供动物使用。

许多人支援着这家动物爱护中心。对于在这里工作的职员来说，这是一个很大的鼓励。

即使如此，弥漫在职场的沉重空气却怎么样也无法消散。

才半年多，就已经让十八只狗被扑杀了。

这个事实一直沉重地压在职员胸口。对所长松崎来说也一样。事情既然已经发生，他也刻意不再去提，但仍然会时不时地想起那些无法拯救的动物。

方法真的只有一个吗？会不会其实还有其他出路？

这样的疑问，以及不知何时或许又会再发生相同的事的恐惧与忧虑糅杂在一起，慢慢地在胸口扩散。这样的情绪悄悄地累积在在此任职的每一个人的心里。

重要的是避免增加收容犬的数目。虽然也有故意丢弃的情况，但也有许多动物只是单纯地走失了。如果身上有名牌，就可以平安回家。然而有名牌的例子非常罕见。

对熊本市动物爱护中心来说，这可以说是剩余的最大一项课题。为了解决问题，职员们从前年 2009 年秋季便开始举办活动，以期让饲主明白名牌的重要性。

活动名称叫作“别上名牌吧！名牌 100%运动”。

这是长年参加协议会的促进员谷步美所企划的活动，她还制作了宣传海报和卡片。黄底配上黑色猫狗剪影的设计，突显出“别上名牌吧！名牌 100%活动”的文字。海报和卡片上还注明当宠物走失的时候，必须立刻联络最近的保健所和警察局，并附上了动物爱护中心的电话。在动物保护活动会场上，职员与义工会分发卡片，同时说明佩戴名牌的重要性。

可是这类活动要收到成效，需要时间。

有些饲主为了在宠物的项圈脱落时也能辨识出来，为宠物植入芯片，然而另一方面，还有很多人深信自己的爱犬绝对不会迷路。

就没有方法可以进一步推广这个活动吗？

就在这个时候，爱护中心有了意想不到的访客。

访客是 2010 年在职业足球 J2 联盟熊本罗亚素活跃

的选手藤田俊哉、宇留野纯和渡边匠。藤田选手在朋友邀约下，曾经私人拜访过中心。他告诉另外两名选手动物保护的现况，三人决定要为故乡做出一点贡献。

“这份工作最令人难受的就是扑杀。”

松崎为选手们介绍中心，同时说明动物保护的业务。为了避免让猫狗不幸，必须照顾它们终生，并且强调了不让宠物走失的重要性。渡边选手听着松崎的话，温柔地伸手抚摸收容中的猫狗。

“那么我们家的狗也得别上名牌才行。”

自家也养狗的宇留野选手这么说。

“我们都很喜欢动物，有我们可以帮忙的地方吗？”

听到藤田选手自告奋勇这么说，松崎说明现在正在推广让名牌普及的活动。选手们听了，立刻答应协助这项活动。然后很快地，他们决定在比赛当天的足球场上，由选手们进行宣传活动。

宣传活动的影片中，身穿队服的藤田、宇留野和渡边抱着狗一起入镜。横幅也完成了，上面除了“别上名牌吧！名牌100％运动”的标题以外，还加上了“罗亚素请熊本180万市民一起动起来！”的标语。比赛当天，选手们向观众呼吁“名牌是宠物的保命符”。

可是并不只是这样就结束了。

熊本罗亚素的赞助商物流公司 SATOH-LOGIC 联络中心，说想要协助这项活动。该公司的运输卡车的外观设计，是以熊本罗亚素的队色红色，加上加油口号和选手照片构成的，十分抢眼，在熊本当地是众所皆知的存在。SATOH-LOGIC 愿意提供他们的卡车来推行名牌普及活动。

与横幅设计相同的大卡车开始在市内行走。渐渐地，“别上名牌吧！名牌 100％运动”在当地市民之间传播开来。

现在现场需要的是什么？

获得外界支援的同时，松崎不断地思考行政单位该做的事。执行扑杀时的震惊与无力感显然剥夺了职场的士气。为了找回活力，需要某些具体的事物，好让职员涌出自信，让他们相信不会再发生同样的情形。

收容动物的数目爆炸性地增加时，被扑杀的主要是会咬人等行为方面有问题的狗。站在动物保护的立场上，中心也很重视狗的管教及社会化训练，好让它们能够顺利地融入人类社会。这些都已经由职员自发地在进行，但市町合并以后，中心职员陷入连接触狗的时间都挪不出来的窘境。

可是为了不增加扑杀数目，原本应该更加投注心力在这项业务上才对。

方针一旦确定，松崎的行动非常迅速。

他立刻与身为兽医同时也是系长的村上睦子企划了一个以职员为对象的驯狗研修课程，讲师由松尾爱犬训练学校的松尾正直来担任。松尾的训练方法重视每一只狗的个性。只要职员能配合收容犬的类型选择训练方式，应该就能让狗得到更充分的照顾。松崎与村上就是出于这样的考量选择了松尾。讲习会一堂课两小时，合计十堂课。一星期上课两三次，以约一个月的时间来提升技能的这场研修，在 10 月下旬展开了。

讲师松尾说明重点在于如何吸引狗的注意力。如果无法吸引狗的注意力，训练本身将难以进行。光是这样，有很多学会注意人类的狗都产生了戏剧性的变化。

第一次养狗的人要熟悉训练会很花时间，但每天接触许多狗的职员很快就掌握了诀窍。有些人原本是用自己的方式来训练，或是知识与技术不全面，现在听到系统性的说明后，很快就感觉到了变化。

“只要确实地传达出意思，只要几秒钟就能改变一只狗！”

“猫班长”本田信夫这么体会到。约一个月前收容的中型犬小木乍看之下十分亲人，没有任何问题行为。然而职员很快就发现它不是一只可以随便开放领养的狗。

小木有很严重的拉扯癖。以为它是只纤瘦的中型犬而疏忽，它就会突然用强得吓人的力量拖行。如果拉扯狗绳要它停步，它就会前脚悬在半空中乱划。这要是没有体力的女性或老年人，一定会轻易被它拖走，实在是危险到没法带它出去散步。

“小木的这种状况就没办法改善吗？”本田这么想。以前他就试着训练小木，却一直得不到理想的效果。他在研修中学到，要让狗注意自己，有个独特的时机。本田参考松尾的示范，研修完毕后立刻拿起狗绳展开训练。

叫它的名字，小木便开心地仰望本田的脸。称赞它，它看得更专注了。本田跨出步子，小木追赶似的跟上来。知道小木平时模样的职员发出轻微的惊呼。在众人瞩目之中，小木露出满是安心与喜悦的表情，就好像在说：“总算有人了解我了。”

从那天开始，小木便会看着本田的眼睛行动。

刚放出犬舍时，它会开心地到处乱跳，但三四分钟后便会完全冷静下来，专注于本田的声音和视线，愉快地对“过来”“等一下”“趴下”等指令做出反应。

可以确实沟通后，便逐渐发现了过去未曾发现的小木的喜好与个性。只要能在认养会上好好地传授这种沟通方法，或许女性和老年人也能饲养小木。

训练扩大了认养的机会。

本田体会到这一点，接着开始照顾一只叫查理的狗。这只狗长相恐怖，第一印象让人觉得很难搞，然而开始训练没多久，本田便发现它其实是只典型的撒娇狗。如果处在放松状态，它就会用一种独特的踮脚尖方式走路，模样颇为逗趣。

认养会当天，本田热心地向参加者说明狗的特征和魅力所在。很快地，小木和查理都顺利找到了新的主人。

“我想趁这个机会学习训练狗的方法。”

“它的外表和个性的落差很可爱。”

每个饲主都能无条件接纳狗的个性。

训练技术的提升，确实能为狗带来幸福。这对本田来说是个大发现。

驯狗研修开始后不久，动物爱护中心接到一通电话。

“我有只狗凶得要死，没办法养了。”

饲主说那只狗很危险，要中心立刻把它带回去扑杀。可是听到这种要求，没有职员会立刻说好。饲主被这样的应对激怒，吼着叫所长接电话。

“那么我们现在立刻过去。”

松崎认为用电话讲也不会有结果，带着栉岛孝和后藤隆一郎一同前往饲主家。庭院里有一头大型犬正在吠着，没有项圈，也没有系上狗绳。

“项圈松脱以后，因为它太凶，根本没办法再戴上去。绳子也被它咬断了。这种狗我养不了啦！”

饲主说着，完全不敢靠近狗。

在松崎看来，狗虽然在叫，但与其说是凶暴，感觉更像是在害怕。总之得先戴上项圈，才能慢慢判断是什么样的狗。松崎和后藤出声呼唤狗，引起它的注意，栉岛趁机迅速为它戴上项圈。然后他静静地拉扯牵绳，狗意外温驯地走了起来。在冷静的栉岛面前，狗的兴奋也逐渐平息了下来。

一会儿后，狗似乎感觉栉岛可以信任，主动靠了上来。即使不靠牵绳诱导，狗也会跟着栉岛的方向走。称赞它，它更加靠近。出声呼唤，它就过来，栉岛再一次称赞它。

狗的注意力完全集中在栉岛的反应上了。栉岛原本就具备训练狗的技术，但系统性地学到最新的训练方法以后，技术更是炉火纯青了。

三十分钟后，狗便学会趴倒、坐下，以及配合步调行走。

饲主在一旁看得目瞪口呆，一脸难以置信的模样。

“这是怎么弄的？我要付多少钱？”男子就要从外套内袋掏出钱包。

松崎苦笑着摇摇头说：“这是公家机关的工作，不用给钱。但是可以请你今后多多考虑狗的心情去饲养它吗？”

这只狗会一下子就对栉岛敞开心房，是因为它原本就是只亲人、怕寂寞的狗吧。“想要一个可以信赖的对象，想要向人撒娇，可是没有人要理我……”乍看凶暴的狗怀着这样的心情，就这样好几年被孤单地系在庭院角落。

没有养狗的知识与经验，也不肯去学习，被这种饲主饲养的狗，经常出现这种典型的问题行为。问题的原因永远不在狗，问题都是饲主制造出来的。

即使如此，松崎详细询问饲主情况后，了解到他并不是对狗完全没有感情。就算凶暴，但只是因为凶就要杀掉它，岂不是太可怜了？可是光凭自己又无法应付，家人也为了自己做出的决定苦恼万分。

男子变得判若两人，一脸平静地低头行礼。

“我女儿一定会很开心，谢谢你们！”

“能从事这份工作真是太好了！”

松崎、栉岛和后藤好久没有感受到这样的心情了。

爱护中心的服务台至今为止劝说过数不清的饲主。职员的努力，阻止了许多动物被送来扑杀。然而他们真正想说的话，真的被饲主听进去了吗？他们对这一点一直存有疑问。虽然罕见地也会有人承认自己的错误，但是劝说之后令职员感到空虚与徒劳的情况还是占了压倒性的多数。

“希望你们想想动物的心情。”

听到职员这样说，饲主们露出莫名其妙的表情。有人困惑沉默，也有人动怒。

动物跟人类同样都是生物。它们有自己的感情，会感到开心、喜悦、不安、恐惧以及疼痛。如果能够理解这一点，大概就不会因为搬家等理由轻易弃养猫狗吧。

可是现实却不是如此。很多时候看起来应该很有良心的大人，对动物却是无知又漠不关心，脑子里只想要快点摆脱手中的烫手山芋。

动物不过是动物罢了——

要改变一些人几十年来根深蒂固的这种观念，或许是太自不量力了。即使耗费精力去劝说，也几乎连一半的饲主都打动不了。不只是在熊本这里，在动物行政现场工作的人之间，这已经成了一个共识。

要去揣摩不会说话的对象的心情，必须从小就培养那种感觉。即使听到的内容相同，大人和小孩子的感受也不一样。虽然花时间，但是如果缺少对幼年层的启发，就无法打造出一个让猫狗还有人类安心生活的社会。在许多职员都这么体认的情况下，启发活动该诉求的对象自然就浮现出来了。

2010 年，“动物访问交流教室”第一次举办。

这是外派形式的授课，内容为透过与收容动物交流，学习生命的珍贵，企划执行者是系长村上睦子。即使设立了企划，如果没有教育机关委托，也无法实现。为了让学校相关人士知道动物爱护中心有这样一个外派课程，村上抱着成沓的说明手册到处拜访。有一次她听到市教育委员会要举办会议，甚至没有预约就跑去进行宣传活动。

这有什么意义和效果?

教育相关人士一开始无法想象课程里有什么内容，

反应很冷淡。可是在几所学校实施以后，风评渐渐地传播开来。很少有人可以立刻说出课程的效果。可是实施这项课程的学校教师，都相信“里面有一般学校课程没办法教授的重要事物”。在有同感的教师彼此介绍之下，询问课程的人增加了。

“狗耶！有狗来学校了！”“好可爱！”“会不会咬人？”“这里怎么会有狗？”

动物爱护中心的车子来到校园旁时，小孩子们全都兴奋起来了。

2010 年 10 月的一天六名职员和五只狗造访了熊本市立奥古闲小学。他们面对集合在体育馆的小学一二年级约五十名学生，利用道德课程时间，举办“动物访问交流教室”。

“同学里面有人养猫、养狗或是养小兔子吗？”

兽医小畑裕子问，有一半的学生举手。也就是说，有一半的学生生活在身边没有动物的环境中。市内每一所学校都是这个比例，其中也有些儿童几乎从来没有触摸过动物。

眼前的狗是从哪里来的？课程从介绍动物爱护中心的工作开始。这里的狗都是被饲主抛弃，无家可归的狗。

它们本来也有可能被处置掉。

“所谓处置，就是把它们杀死。”

小畑为了让孩子们容易理解，补充说明，孩子之间立刻传出惊叫：“太可怜了！”

说明之后，是与动物交流的时间。眼前的狗可爱得就像玩偶。可是它们跟玩偶不一样，心脏会跳，也会呼吸。第一个主题是让孩子们了解动物也跟自己一样是生物。他们把儿童分成十人左右的五个小组，每一组都围绕在一个职员和一只狗旁边。

孩子们透过听诊器第一次听到狗的心跳声。参加的示范犬都是收容在爱护中心的狗。虽说挑选了性情友善又沉稳的狗，但异于平常的环境还是让有些狗显得畏缩。

“狗的心脏跳得比人类更快。它们今天第一次来这里，觉得很紧张，所以心脏跳得更快了。”

狗跟人一样，一紧张就会心惊胆跳，所以要对狗狗好一点，不要吓到它们。听到兽医石田理奈的说明，孩子们都放低了说话的音量。

然后先让示范犬暂时退场，进入绘本朗读时间。

《哈皮》是约聘职员野美山泉美的原创绘本作品，里面有一对狗和两位饲主登场。两只狗都叫哈皮，然而两边的生活有天壤之别。

哈皮A每天跟饲主一起散步，在家总是有人陪它玩耍，吃着有益健康的狗食和点心，身体脏了就有人为它洗澡，如果觉得不舒服，马上就会有人送它去医院看医生。

另一边的哈皮B却被饲主丢着不管，不能去散步，也没有人陪它玩，毛也脏兮兮的，只是每天有人放饲料和水供它吃喝而已，就这样任它自生自灭。

最后，两只哈皮要上天堂了。

哈皮A对主人说："可以跟你成为一家人，我真是太幸福了！"

哈皮B对主人说："我到底算是你的什么？"

两只狗怀着对主人不同的感想，上了天堂。

然后岁月流逝，两个主人的生命也结束了。神明看到来龙去脉，决定让主人们下辈子也投胎当狗。哈皮A与哈皮B的主人，各自体验到前世他们对狗的对待方式。

如果换成自己的话呢？

孩子们聆听形成鲜明对照的两只狗与人类的一生。"动物也有感情。它们总是怀着各种感觉活在世上。所以如果养狗或养猫，希望你们可以好好疼爱它们，一直照顾它们到最后一刻。"《哈皮》的故事在这样的讯息中结束。

"接下来请你们想象狗的心情，再来摸摸它吧！"

示范犬再次跟着职员登场。

第一次接触动物时，只是单纯觉得可爱也行。可是光是觉得可爱，很难发展出怜惜动物的心情。狗会叫、会咬、会破坏、会弄脏东西。当爱犬做出这类行动时，饲主能否想象它们如此行动的理由，会大大地左右动物的命运。

“照顾不了的话，丢掉就行了。”至少应该不会做出这样的结论才对。

职员的车子一进入停车场，听到引擎声的狗便叫了起来。

早上 7：30。早来的人已经换好制服了。工作人员都到齐以后，动物管理区的铁门就会打开。从前天的傍晚开始到现在已经隔了十五个小时，狗都迫不及待地用全身表现出它们的喜悦。

职员把狗绳从墙上的钩子上解下来，一只只牵到户外。沿着管理区正面延伸而出的坡道狗一只只被系起。旁边日照良好的空间，则摆放了搬过去的狗栅栏和狗笼。设置完毕后，职员把幼犬和小型犬一次两三只抱过来。所有的作业都非常匆促，没有一个人是慢条斯理的。

动物管理区完全清空以后，就开始清扫。先用水管冲水，冲掉大部分的脏污，然后职员把制服长裤塞进长靴，用消毒洗洁剂和刷子将犬舍的每一个角落刷洗得干干净净。

外面狗正在用餐。吃的狗食是配合狗的身体状况、体质和年龄挑选的。吃完饭后是排泄物清理。职员一边作业，一边检查动物们的健康状态。

这个时候，动物之间开始弥漫出一股放松的气氛。有些狗会为了引起打扫中的职员的注意，发出撒娇声或站起来伸出前脚；也有些狗用充满好奇的眼神直盯着这里看。职员也会偶尔停下工作中的手，摸摸狗的头和胸部。

早晨的共同业务告一段落后，兽医进入处置室照顾需要治疗或观察病况的动物。拥有宠物美容师技术的临时职员开始给长毛小型犬洗澡和修剪。业务职员确认有无捕狗申请、检查和修理犬舍用品。也有人以中型、大型犬为中心，进行兼顾心灵复健的训练活动。

这天下午有认养活动，认养前讲习会从2:00点开始。约一个小时的讲习结束后，欲领养者擦着眼泪来到动物管理区。光是觉得可怜是没办法饲养动物的。讲习会传达严酷事实的内容，每次都令参加者大受震撼。可是目前还没有人因此提出抗议。

许多人先看到的是放小狗的栅栏。它们可爱的模样让气氛变得温馨了许多。可是有名女子没有加入其中，而是看着系在坡道上的成犬们。她看了几只狗后，在一只狗前面停住了。

“我想要养这只狗。”

听到这话，职员瞬间吃惊得无法回话。

女子选择的是一只叫M的狗。

M是在市内的小学被抓来的。它迷路误闯校园，因为没有要离开的样子，校方联络了中心。听说狗并不怕生，开心地跟在为这个稀客的到来而嬉闹的学生的后面跑。它个性友好，是容易清理的短毛种，体重十公斤左右，容易饲养。只要在市政府官网上刊登领养讯息，应该很快就会被人领养吧。

然而这样的期望落空了，迟迟没有人想要领养M。

M被收容以后，这所动物爱护中心来了许多猫狗。走失被收容的狗、饲主住院无法照顾而被送来的猫、被装在纸箱里丢弃的刚出生没几天的小猫，还有流浪狗生下来的小狗。每一只动物都因找到新主人而离开了。

可是在这段时间里，M依然没有邂逅良缘。

即使如此，M总是开开心心，一看到人就用全身表达出它的喜悦。那毫不保留的撒娇模样，令每个职员都忍不住笑逐颜开。

希望它快点找到好主人。尽管这么希望，职员们却也渐渐觉得M住在爱护中心似乎已经成了理所当然的事。

M找到新主人了！

这个消息立刻传到了每个职员耳中，大家都非常高兴，相互道喜。高兴的不只有职员而已。长年支援熊本市动物爱护中心活动的义工及当地兽医协会成员、宠物店及宠物美容沙龙的老板，甚至是调到其他单位的前任员工，每个认识M的人都兴奋地转达M找到新主人的消息。

被收养的这一天是M来到这里以后的第二年第二个月又十九天。

这是熊本市动物爱护中心最长的收容记录。如果M被其他机构收容，应该早就不在世上了。可是在这里，被收容一年以上的动物非常多，M的保护记录，完全就是“一回神才发现它已经住那么久了”，类似于一种额外惊喜。

良缘总是突如其来。

办公室服务台前的大厅，立刻聚集了好几名职员。

“太好了！”“你要幸福哦！”“要让主人好好疼爱哦！”

与收容犬道别的那一刻，每个人都笑容满面，然后又热泪盈眶。

对在这里工作的人来说，最开心的时候莫过于这种时刻了。

要幸福，然后永远不要再回来这种地方了。

职员们眯起了眼睛，衷心为动物们的幸福祈祷。

后记

あとがき

平日留意不要自找麻烦，增加工作，犹豫的时候就挑最安全的那边，随时小心不让批判的矛头指到自己身上来。所以不管发表了什么言论，从中也看不见个人的特点，然后朝九晚五，定时上下班……

以前我听到“公务员”三个字，心里浮现的就是这个印象。然而第一次拜访熊本市动物爱护中心以后，这个印象被大大地颠覆了。

有一处动物扑杀数目接近零的行政机构。

熊本市的各项措施，被许多新闻媒体介绍为全国史无前例的壮举，广受瞩目，是 2009 年前后的事。我初次拜访熊本市也是在那个时候，是为了某家杂志的采访工作。

“总之我们实在是不想杀害动物。”

对于我的第一个问题——为何会以零扑杀为目标？——所长松崎正吉先生毫不犹豫地这么回答。

过去我在全国各地至少采访过十几家动物行政机构。当然没有一个职员是开开心心去从事动物扑杀工作的，但是只要花一点时间与他们交谈，大多都能感受到他们像这样说服自己接受：既然身为公务员，扑杀动物就是我的工作。

所以听到松崎先生的回答，我吃惊极了。公务员可以这样大剌剌地说讨厌自己的工作吗？结果松崎先生笑了：“或许我是个不合格的公务员吧。”

而在这样的所长底下工作的职员，午休时间都还没结束，就一个接一个跑去犬舍，很快地开始在中庭训练狗。系上狗绳愉快地踱步的狗，一眼就可以看得出它们完全信赖职员。而狗露出逗趣可爱或特别的反应时，职员也会看得哈哈大笑。

我和几名职员谈话，发现他们对这份工作有着极强的责任感，并觉得意义非凡。这令我恍然大悟：原来这就叫活力十足的单位啊！

对于职员的工作热忱，松崎先生进一步说明：“在这里工作的职员，会自己去找到该做的工作。只要是为了猫狗好，任何新事物他们都愿意积极去尝试，并彼此协助，好让新的做法能够顺利推行。就算因为这样变得更忙碌，也没有人会抱怨。”

目标只有一个，但方法有多少都行；只要是有所助益的事，就立刻执行，不拘泥是否没有先例。听起来好像新兴企业的经营方针，但这里是如假包换的公家机关。公家机关中居然存在着这样的单位，令人惊奇。

可是那时候受限于杂志的版面与时间，主要只能传达扑杀的数目几乎已经是零的事实，无法深入详细报道。

熊本市动物爱护中心开始展开减少扑杀数量的各项

努力，是约十年前的事。当时它只是个全国各地可见的行政单位之一。从起步一直到今天，这个单位究竟发生了哪些事？谁有了什么样的经验，在其中感觉到什么？有了什么思索？我想要了解整个过程，2010 年 10 月我再次来到熊本，然后在这块土地展开接触许多动物保护斗士的每一天。

我在那里看到的是“战斗公务员”的每一天。

愈是聆听，就愈忍不住钦佩他们居然能做到那种地步。可是单靠公务员的奋斗，是无法获得这样的成功的。我了解到熊本市动物爱护中心有许多赞同他们的努力的强力援军，长年支持着他们的活动。

我把他们这十年来的轨迹，写成《零安乐！——以零扑杀为目标的熊本市动物爱护中心的善良战士们》，在集英社 WEB 文芸 *RENZAMURO* 上连载。它的内容经过修改之后，就是您手上的这本书。

本文中提到的主要是 2010 年底以前的事，不过熊本市动物爱护中心在那之后当然也继续致力于动物保护业务。然而只要看过本书，就能知道动物行政现场的常态是一波未平、一波又起；在这约一年之间，小危机也是多不胜数，同时至少面临了两次重大危机。

第一场大危机发生在 2011 年 4 月底 5 月初的连假之前。当时中心必须从市内的繁殖场一次收容十八只狗。

那户人家长年以来，不断地被邻近居民投诉抗议。尽管饲养了合计约三十多只狗，饲主却几乎没有照顾它们。狗没有用锁链或狗绳系住，总是随意在附近漫步，也没有进行绝育手术，因此狗的数量不断增加。场地几乎从不打扫，前往现场的职员说：“就算穿着长靴，也让人不敢踩进去，就是脏乱成那样。”

动物爱护中心好几次前往指导适切的饲养方法，然而状况毫无改善。为了平息邻近住户的抗议，动物爱护中心要求饲主写下切结书，保证：①今后绝不让狗离开居住范围；②不增加新的狗，并让中心带走母狗和小狗。当时动物管理区的收容空间已经到了极限，此时又必须收容大量的新狗，结果收容数目爆增到总共八十五只。

为了不重演前一年的悲剧，中心决定立刻举办紧急认养会。透过当地报纸及电视等媒体的协助，当天有六十人以上参加认养会，有十八只狗被领养，总算是成功度过危机。

可是进入秋季以后，发生了更严重的事件。

10 月初，在市内捕获的狗收容约一个星期后突然暴毙。死因是犬细小病毒感染，这是犬科特有的传染病，一旦发病，会引发严重的腹泻、血便和呕吐。缺乏体力的小狗一旦病发，有时一两天就会死去，是可怕的传染病。

犬细小病毒的传染力惊人，现在依然没有特效药可以医治。不过只要进行疫苗接种，几乎可以百分之百预防。现在日本一般的混合疫苗都一定含有犬细小病毒疫苗。在这家动物爱护中心，收容小狗时也一定都会注射疫苗。

可是由于认为成犬应该具备一定程度的免疫力，没有采取对策。中心并不是第一次碰到犬细小病毒暴发，过去都靠着隔离与对症疗法来处理，疫情也不曾严重扩大。

可是这次情况完全不同。在第一只狗死亡以后，也有体力不错的成犬突然身体状况恶化，两三天后死去。成犬之间的传染一般都是透过排泄物和呕吐物等经口感染，因此职员将过去一天一次的清扫消毒作业增加到早晚两次，即使如此状况仍然不见好转。每天早上，他们让检查组确定每一只狗的健康状态。即使结果是阴性，仍然有狗出现呕吐、食欲不振、软便等征兆，并在两三天后症状恶化后死亡。

我拜访当地，就是在这场危机中的 2011 年 10 月下旬。我从机场直接搭车去到动物爱护中心。平常总是开放的大门，这天却紧锁着。我已经听说犬细小病毒疫情的事，然而那森严的气氛让我不得不体认到状况比想象中的来得更严重。

职员发现我来了，为我开门，表情消沉地说："要进来园里是可以，可是现在有点不太方便……"平常都会放到户外系着的狗，现在全都收容在动物管理区的犬舍里，只有职员才能进到建筑物内部。远远看到的管理区前铺了几张蓝色塑料布，职员们围绕似的坐着，中央躺着狗。

这天早上，检查中发现四只狗疑似犬细小病毒病发。

我抵达的时候，正好即将执行扑杀。

几十分钟后，职员们回到办公室时，全都一副心力交瘁的模样。其中有些职员甚至双颊凹陷，跟之前比起来消瘦得惊人。几天前开始，犬舍的消毒便从早晚两次增加到早中晚三次。即使如此仍然无法遏止感染扩散。进入 10 月以来，发病与扑杀加起来，共有十只狗去世了。

"有些职员无法接受今天的扑杀处置。"

所长松崎表示，有些狗看起来精神还不错。另一方面，似乎也有人提议应该考虑全面更新的必要。所谓全面更新，就是把所有的狗全部扑杀，如此一来就可以完全遏阻传染范围扩大，能够确保今后收容的狗的安全。

"如果有追求利益的必要，那或许也是一种选择。可是这里是推动动物保护的地方，所以我不想使用全面更新这种做法。”

紧接着松崎为了申请紧急预算，前往市政府。

为了不让更多的狗牺牲，先为收容的狗全面施打疫苗。可是要形成完整的抗体，需要十到十四天。这期间有些狗可能会发病或是出现发病征兆。

兽医当中有人认为施打磷酸奥司他韦可能有效。磷酸奥司他韦与人类的处方药相同，在流感病毒发病时使用，可以减轻症状。对于体力充足的成犬来说，应该有望获得效果。可是磷酸奥司他韦并不便宜。为了正确判断，还需要专用的检测试剂，一组要一千日元。检测试剂的库存已经见底了，购买所有必要医药用品的费用合计起来超过八十万日币。

中心的申请立刻通过了。与厂商联络两天后，疫苗和磷酸奥司他韦都送到了。

结果借由这个方法，剩下的收容犬全部保住了性命。

同时，为了避免再度发生同样的状况，从隔年开始，每年度都编列固定预算，让所有的狗接种混合疫苗。成犬的疫苗接种在全国的行政机构当中相当罕见。由于避免了一桩悲剧，使得动物保护行政更加充实，这可以算是不幸中的大幸。而且我认为因为是熊本市动物爱护中心，才能够像这样转危为安。

行政预算方面有一个大新闻。

现在新的动物管理设施的整备计划正在进行当中，预计 2013 年完成。新设施全面采用独房，可收容四十只狗和二十只猫，全馆附空调。松崎先生从担任系长时就希望能改善收容环境，让收容动物夏季免于在暑热中喘息、冬季在寒冷中发抖。对他而言，这可以说是经历十年以上的岁月，总算夙愿得偿。现在的动物管理区将作为预备设施保留下来，规划为新收容的狗的检疫及驯化训练设施。即使硬件设备豪华，若是没有妥善经营，也只会遗憾收场——这种情况不仅限于动物管理领域。但在软件方面，熊本动物爱护中心的充实已是众所公认，因此令人非常期待新设施建造完成以后，熊本市的动物保护活动会有什么样的新发展。

长年任职于这一中心的松崎先生表示，他身为所长，将努力思考让市民更容易参与到动物保护活动中去的方法。

行笔至此，我收到松崎先生的电子邮件。

“调动的通知下来了。”

邮件内容很简洁，从中却可以充分感受到松崎先生的沮丧。2009 年担任所长后整整三年，然而新设施一年后即将完工，他却得离开这个动物行政的职位，不可能不觉得遗憾。

可是已经决定的人事任命也只能接受。

剩下的问题是新的所长是什么样的人。“我接到通知，第一件担心的就是这事。”松崎先生说他听到新所长的人选，总算放下心来。

新所长将由过去一直辅佐松崎先生的系长村上睦子女士接任。

村上女士曾经参与许多企划，像是以职员为对象的驯狗研修，以及与收容动物一同拜访学校的“动物访问交流教室”。她热心工作的态度，受到松崎先生等众多职员的肯定。熊本市动物爱护中心今后也将作为努力救助动物的行政设施，持续发展。

今年4月，松崎先生将前往肉品卫生检查所担任所长。但他并非完全离开动物保护领域。他预定在熊本市动物爱护促进协议会以推荐促进员的身份，继续支援活动。

然后这本书中还有另一位重要人物，也就是“大哥”松本充史。他在2010年3月调到熊本市动植物园以后，也继续参加协议会的例会，并利用私人时间投入动物保护活动。

调职后，他担任技术参事这个职位，责任与决定权比以前大了许多。他在动植物园的工作，主要是日本猴的饲养及健康管理。他同时也在与京都大学灵长类研究所的合作计划中进行生态研究，在研讨会及学会上发表活动报告等等，过着忙碌但充实的每一天。

可是询问他的真心话，他说“总觉得少了什么”。

他说刚调到动植物园的时候，由于一切都过于明亮，他有种干劲无处发泄的感觉。渐渐地他了解到，这个单位有个绝对不能动摇的大前提，那就是来访这里的人是来享受非日常的客人，而他们职员是演出非日常欢乐气氛的员工。

“我被交派的工作，放在动植物园这样的范畴里来看，真的非常有趣、很有意义。可是在这里，还是少了那种蹚浑水的乐趣。”松本先生这么说，露出苦笑。

想要在更贴近人们日常生活的地方与人交流。那是动物保护的世界吗？还是更不同的地方？松本先生并没有明确地说出来，可是他似乎认为他的天职是在必须深入探索棘手问题的地方。

总是喊松本先生“充史兄”、对他敬慕有加的后藤隆一郎先生在动物爱护中心工作以来，到这一年春天就是第四年了。

松本先生表示，阿隆对待动物比他对待动物温柔太多了。后藤先生是犬细小病毒爆发时第一个反对“全面更新”的兽医之一。要怎么样才能救助这些狗？为了找出方法，他率先召集兽医同事，一直讨论到深夜。结果决定即使检查出阳性反应，也不要扑杀，而是把希望放在狗自身的免疫力上，注射磷酸奥司他韦后观察。

据说他在早会报告这件事时，职员都拍手鼓掌。

面对传染性强到甚至能让成犬猝死的强力病毒，磷酸奥司他韦究竟能发挥多少效用？虽然只是门外汉的猜想，但我觉得那种做法应该接近赌博，而许多职员都想把希望寄托在那一丝可能性上。后藤先生为了拯救狗，不遗余力寻找材料，整合同事的意见。以他的热忱与行动力，今后应该会更坚定有力地领导熊本市的动物保护行政。

担任熊本市动物爱护促进协议会会长的松田光太郎医生认为目前的活动中，压倒性缺乏的就是信息发布。由于他熟悉网络通信事务，眼前的目标是建立协议会的专属网站。

在这之前，松田医生于 2012 年 4 月自费整理出版了他的动物保护体验散文集《零扑杀的理由——熊本式动物保护》。这大概是日本国内唯一一本从资深临床兽医的角度撰写的动物保护图书。

副会长西川女士自 2011 年 3 月的东日本大地震以后，便为了救助受灾动物而奔走。她主要在福岛县内活动，初次进入灾区，是东北自动车道总算开通的 4 月初。当时她从熊本搭飞机到羽田，然后再租车于都内筹措救援物资，前往灾区。后来她还曾经花上一趟两天的时间，把熊本的物资搬运到福岛。后来每个月她都会花上二十天左右，单独或是结伴到灾区进行受灾动物的救援活动，直到现在。

读到这本书，与自己居住的地方的情况相比较，您或许会为了其中的落差之大而失望不已。话虽如此，我认为埋怨“为什么这里就不能做到跟熊本市一样”，是有些操之过急了。从前以扑杀为主要业务的地方，现在成了动物保护活动的指标性存在。这当中确实是有职员的努力，但能得到这样的成果，环境、辖区规模、出面领养的市民以及义工等协助公家单位的人，这样的天时地利人和也是非常重要的因素。

当事者熊本市动物爱护中心的职员以及协议会的成员也都同意这一点。

在撰写本书时，不必说，我得到了许多职员及相关人员的协助。有些人愿意让我以真实姓名描写，还有一些人因为内容构成的关系，略去姓名，只提到事迹及相关事实。对于这些协助我的人，在为本文中略去敬称而致歉的同时，我由衷致上谢意。

此外，从连载到成书，我也受到集英社文艺编辑部的江口顺一先生莫大的照顾。谢谢您！

要减少动物的扑杀，只有三点：①不随意饲养、繁殖；②一旦饲养，就要照顾到最后；③为宠物别上名牌。每一个方法都很简单。

我由衷希望在今后的社会里，这些都可以是理所当然的。

2012 年 5 月

片野由佳

附录一

熊本市动物爱护中心
猫狗生存率的变迁及背景

※ 捕获–收容：走失、遗弃等造成的收容数目

留置：由饲主送来

返还：查出饲主后返还

领养：交给新饲主领养

处置：扑杀

生存率：返还＋领养／捕获＋留置

※ 统计结果以年为单位

2000 年

狗 24.35%　　猫 无统计

狗丨捕获–收容：602　留置：400

返还：101　领养：143　处置：693

猫丨拾获–留置：840（其他无统计）

◎所长渊边利夫调任至熊本市动物管理中心（当时名称）。职员的主要工作是每星期两次启动毒气箱。动物行政现场的残酷令渊边深受打击，他想要设法改变这种状况。

2001 年

狗 27.37%　　猫 无统计

狗 | 捕获-收容：508　留置：303

返还：64　领养：158　处置：567

猫 | 拾获-留置：990（其他无统计）

◎兽医松崎正吉与松本充史调至中心，松崎担任系长。

◎为了减少动物的扑杀，开始对送来宠物的饲主进行劝说。

◎捕获-收容犬的告示期限从 4 天延长至 10—14 天。生存的期限被延长了。

2002 年

狗 39.89%　　猫 12.02%

狗 | 捕获-收容：455　留置：242

返还：109　领养：169　处置：393

猫 | 拾获-留置：782　领养：94　处置：610

◎熊本市动物爱护促进协议会（以下简称“协议会”）成立。

◎熊本市动物管理中心名称变更为“熊本市动物爱护中心熊本市动物之家”。

◎设立走失动物收容信息专门网站。返还的动物数目增加。

◎在协议会成员协助下，开始在动物爱护中心定期举办认养活动。

2003 年

狗 55.02%　　猫 8.59%

狗 | 捕获–收容：467　　留 置：260

返还：136　　领养：264　　处置：285

猫 | 拾获–留置：1106　　领养：95　　处置：963

◎系长松崎向熊本县兽医协会的会报投稿。首次在熊本市动物爱护中心宣布“以零扑杀为目标”。

2004 年

狗 51.13%　　猫 11.66%

狗 | 捕获–收容：478　　留置：271

返还：169　　领 养：214　　处置：329

猫 | 拾获–留置：892　　领养：104　　处置：749

◎系长松崎调至熊本市动植物园。

◎协议会的活动变得热络。定期举办爱护中心的认养活动，并开展启发活动、募款义卖等等。

2005 年

狗 63.93%　　猫 7.06%

狗 | 捕获–收容：579　　留置：164

返还：200　　领养：275　　处置：221

猫丨 拾获–留置：722　领养：51　处置：592

◎中间幸弘接任所长一职。中间了解到中心职员及协议会成员对动物保护的强烈心愿，确信自己的任务就是为他们打造一个能够实现此愿望的环境。

◎松田光太郎就任协议会第二任会长。

2006 年

狗 76.83%　猫 12.20%

狗丨 捕获–收容：636　留置：59

返还：242　领养：292　处置：59

猫丨 拾获–留置：754　领养：92　处置：512

◎所长中间宣布要寻求让所有的成犬被领养的可能性。

◎冈崎浩久及栉岛孝调任为业务职员，在饲养方法上做出重大改变。收容犬的健康状态大幅改善。

◎市民义工中川希充子担任中途家庭义工，利用《熊本日日新闻》的信息栏《熊日城市信息栏》刊登狗的领养讯息。工藤明美继承她的工作，老狗、病狗等成犬的认养数目增加。

◎为了改变对动物保护法的解释，国会议员针对动物保护问题向环境大臣及厚生劳动省政务官提出质询。

2007 年

狗 76.39%	猫 31.79%

狗｜捕获–收容：558　　留置：52

返还：237　　领养：229　　处置：78

猫｜拾获–留置：560　　领养：178　　处置：324

◎1 月最后一次使用毒气箱后，停止以毒气箱实行扑杀。

◎5 月 1 日，厚生劳动省发布告示《有关基于狂犬病预防法执行之动物拘留等业务》。内文提出五项有关动物救济的指示，指出收容犬的处置方法不限于扑杀，只要适合作为家庭动物，应该给予生存机会。

◎正式推动成犬领养。开始举办认养前讲习会。

◎市民义工西惠美子开始为爱护中心的小猫担任中途家庭义工。透过博客“喵汪奋斗记”，支持者增加，这是减少熊本市不幸猫咪的重大转折点。

2008 年

狗 76.09%	猫 64.47%

狗｜捕获–收容：475　　留置：77

返还：215　　领养：205　　处置：71

猫｜拾获–留置：318　　领养：205　　处置：70

◎协议会成员设立动物业者团体 PIACK，打造县内外宠物店及宠物美容沙龙经营者、从业人员的联络网络。

◎“喵汪奋斗记”活动扩大。本田信夫等中心职员也开始带猫通勤，照顾断奶前的猫。猫的生存率飞跃性地提升。

2009年

狗 90.73%　　猫 82.09%

狗｜捕获–收容：435　　留置：18

返还：189　　领养：222　　处置：1

猫｜拾获–留置：268　　领养：220　　处置：6

◎松崎正吉回中心担任所长。

◎兽医后藤隆一郎调至中心，参与兽医松本充史及德岛崇弘过去推动的“街猫活动”计划。

◎被电视、报纸报道为不执行扑杀的动物爱护中心，受到全国瞩目。

2010年

狗 92.36%　　猫 74.52%

狗｜捕获–收容：575　　留置：14

返还：257　　领养：287　　处置：18

猫｜拾获–留置：310　　领养：231　　处置：22

◎协议会获得日本动物大奖。

◎松本充史离开任职整整九年的动物爱护中心，调至熊本市动植物园。

◎城南町、植木町并入熊本市，管辖地区扩大。与前一年相比，因走失及遗弃而收容的犬只数目急速增加。5 月底至 9 月底，共扑杀 18 只狗。

◎实施“别上名牌吧！名牌 100%运动”。在熊本罗亚素当时的选手藤田俊哉、宇留野纯、渡边匠的协助下，展开宣传活动。

◎基于动物保护意识必须从小培养的想法，开始在市内各教育机构开设以小学生为对象的“动物访问交流教室”。

※ 这一年的犬只扑杀数目比前一年增加了，但由于职员的照顾，狗在收容中病死及衰弱死的数目减少，结果整体生存率上升了。

2011 年

狗 88.47%　　猫 69.72%

狗	捕获–收容：472	留置：31	
	返还：235	领养：210	处置：16
猫	拾获–留置：327	领养：228	处置：20

◎发表预定 2013 年完工的新动物管理设施整备计划。

◎ 4 月，一口气从市内的繁殖场收容 18 只狗，举办紧急认养会。

◎ 10月,动物收容设施内发生犬细小病毒疫情。3只狗病死,为了避免传染扩散，扑杀7只狗。

◎ 2012年3月，所长松崎正吉获得宠物大奖（日本宠物用品工业会主办）。

※ 狗的扑杀数目比前一年减少，但由于犬细小病毒肆虐，死亡数目增加（2010年22只／2011年29只），结果造成生存率降低。从此以后，2010年起，所有的收容犬都进行疫苗接种。

※ 现在的收容猫有三成是交通事故造成的伤猫。当判断生存可能伴随着痛苦时，会实施扑杀。至于健康的猫，不论幼猫、成猫，一律不扑杀，开放认养。

附录二

日本与猫狗相关的法律

这篇故事的舞台——动物行政现场，主要适用《动物爱护管理法》及《狂犬病预防法》这两部法律。对于猫狗等动物的处置，是以这两部法律为基准执行的，然而也有许多人指出其中的矛盾及灰色地带。以下是各法律的概要，以及在动物行政现场被视为问题的部分。

①《动物爱护管理法》（所属机关：环境省）

对象：犬猫等家庭中饲养之家庭动物、动物园及水族馆等之展示动物、产业动物、实验动物等一切人类饲养之动物。

概要：原为1973年制定的《动物收容管理法》。1999年12月更名为《动物爱护管理法》，同时追加对宠物店等动物业者的规范、饲主须负起的彻底饲养责任，以及对虐待、遗弃之罚则。制定之后经过26年，内容首次从管理修正为保护。2005年6月公布《动物爱护管理法部分修正法》。动物业从申报制改为登录制，开始清查及废除恶质宠物店及繁殖业者。

此外，今年（2012年）预定进行法律修正。2010年起便会同专家多次研究。去年（2011 年）开放的公众意见信箱收到 12 万件以上的信件、电邮及传真，显示出民众对此一议题的关心。意见中除了要求禁止正值身心重要成长时期的八周内小猫、小狗从母兽身边被拆散贩卖，还要求业者明确提供出生年月日、父母、生产者等可供追查的信息，期许以法律规范民众更适切地对待宠物。

正式内容预定经由国会审议，在 6 月中旬定案，不过 6 月 1 日起，已有部分内容先行实施，如禁止夜间的生态展示及贩卖。

②《狂犬病预防法》（所属机关：厚生劳动省）

对象：国内所有的犬只

概要：为 1950 年制定的《狂犬病预防法》。透过家犬登记及预防注射、彻底拘留及管理流浪狗，在施行后短短七年内便成功扑灭日本国内原本频发的狂犬病。现在根据这部法律，狗的饲主仍有义务向地方政府单位进行家犬登记，以及每年进行预防注射。

或许会有不少人疑惑，既然狂犬病已经扑灭，为何还需要预防注射？因为承认日本为狂犬病非疫区的只有英国、澳洲、夏威夷等少数国家及地区。由于可能通过邻近诸国再次将狂犬病带入日本，持续预防注射仍是不可或缺的。

法律在现场如何被运用？

当犬只被动物行政机关（保健所、动物管理中心、动物爱护中心等）收容时，主要有两种情形。

一是由饲主带来，这是依据《动物爱护管理法》第三十五条“当所有人要求收容其所有之犬只或猫只时，都道府县等责任单位不得拒绝”执行的。收留是一项义务。然而同法第七条又要求饲主适切饲养动物，第三十七条要求饲主必须对宠物进行繁殖限制、绝育手术，以避免造成饲养困难。这些条目的内容彼此矛盾，以何者为优先，全部交由现场判断，形成了灰色地带，因而产生动物的命运会因各行政机关的方针或职员的应对而受到左右的情况。

本书中多次出现的劝阻饲主的场面，主要是以第七条及第三十七条为优先的方针执行的。可是也有些饲主仅主张第三十五条的收留义务，造成劝说上的困难。基于这种状况，也有法律专家指出“第三十五条成了行政单位努力推动动物保护时的枷锁”。关于这一点，民主党的动物保护对策工作小组发表新的方针，规定在一定的条件下，地方政府单位可以拒绝收留猫狗，以及宠物业者及饲主有义务为动物找到认养人（2012 年 5 月 31 日）。此内容被正式认可为民主党的法案，现在正以提交国会，经议员立法为目标。许多行政职员都希望法案修正能够成功实现。这是本次法案修正中值得关注的焦点之一。

被收容在动物行政机构的另一个情况是拘留。

这是依据狂犬病预防法实施的。过去有许多流浪狗被捕获，但现在家犬走失而被捕获的情况占了压倒性多数。拘留犬的“公告期限（也就是收容期限）”为两天。第六条第九项提到，若公告期限结束后一日以内未能找到饲主，“预防员可依法处置”。行政单位进行的扑杀，就是依据此条进行的，但条文中的“处置”一词的解释，2007 年 5 月被公告为“不限于扑杀”，朝着为动物追求生存机会的方向推进。（※ 参考本书第九回）

关于猫，饲主带来的家猫，与狗一样适用《动物爱护管理法》。此外，受伤的猫也是同法执行的对象。不过猫不适用狂犬病预防法，因此行政单位不能捕获健康的流浪猫。但是猫又不能被归类为野生动物，因此没有明确处置基准的流浪猫，可以说其存在本身在法律上就是暧昧不明的。

在日本，2010 年由行政单位扑杀的动物，狗约 5.3 万只，猫约 16 万只（根据非营利组织地球生物协会 ALIVE《全国动物行政问卷结果报告书 2010 年版》），与狗相比，猫的数目占压倒性的多数。其中几乎都是被居民送进行政单位的流浪猫生的小猫。原本行政单位收留的对象只限于家猫生的小猫，但是在实践中，难以区分家猫生的小猫与野猫在民宅庭院生下的小猫。

熊本市透过街猫活动，推动绝育手术，这在本书当中也有介绍。不过对于流浪猫的应对，熊本市有自己的基准。对于收容小猫的市民，中心采取的方针是建议如果母猫就在附近，可以把小猫放回原来的地方；即使没有看到母猫，为了让小猫能够自立生活，也不要刻意去收容。